U0945974

斯德哥尔摩情人

PRISONER OF LOVE

陆俊文…………………著

中信出版集团 · 北京

图书在版编目（CIP）数据

斯德哥尔摩情人 / 陆俊文著 . -- 北京 : 中信出版社 , 2018.9

ISBN 978-7-5086-9121-3

Ⅰ . ①斯… Ⅱ . ①陆… Ⅲ . ①长篇小说－中国－当代 Ⅳ . ① I247.5

中国版本图书馆 CIP 数据核字 (2018) 第 137372 号

斯德哥尔摩情人

著　　者：陆俊文
出版发行：中信出版集团股份有限公司
（北京市朝阳区惠新东街甲 4 号富盛大厦 2 座　邮编　100029）
承 印 者：北京诚信伟业印刷有限公司

开　　本：880mm×1230mm　1/32　　印　　张：7　　字　　数：120 千字
版　　次：2018 年 9 月第 1 版　　印　　次：2018 年 9 月第 1 次印刷
广告经营许可证：京朝工商广字第 8087 号
书　　号：ISBN 978-7-5086-9121-3
定　　价：39.80 元

如果要用受过的伤来兑换真心的爱，那么我愿意。

0

上海进入冬天之前会下一场细软绵绵的阵雨，从淮海中路下到威宁路，从早上八点下到晚上十点。如果恰好在这段时间出门，恰好经过两旁都是梧桐树的法租界街道，便会清楚地看到，叶子是怎样变黄，枝干是怎样枯萎。

雷鸣手里把玩着一支粗短的古巴雪茄坐在香港广场 32 层落地窗前的靠椅上等我，他用斯托利漱口，用可卡因提神，施华洛世奇水晶吊灯把身后半片灰暗的天空照得橙黄，他松弛窄小的脸也因此变得精神。

办公桌收拾得像性冷淡的禁欲主义者那样，空空如也，唯独身后那幅安迪・沃霍尔给周天娜（Tina Chow）画的肖像耀眼醒目。他很早前就和我惊叹过：你不觉得乔薇的气质，有点儿像年轻时的周天娜吗?

过去十年，他总是一而再再而三地向我惋惜周天娜逝世，这个曾在艺术圈惊为天人最后却罹患绝症不幸陨落的日本女人。我唯一能回复他的仍旧只有那句话——艾滋诚可怖，孤独价更高。

直到乔薇惊鸿一般地出现，又如夏花般离场。雷鸣才像重生了一样，从周天娜的死讯中解脱出来。

但可惜的是，他喜欢过的每个女人最后都不得善终，乔薇也在她的巅峰时刻宣布息影，新闻报道连篇累牍的猜测，让她从一个颠倒众生的明星，变成万人唾骂的荡妇。娱乐圈幻真幻假，是是非非，皆敌不过人言可畏。

我知道雷鸣今天找我来的目的，上海这个月已经倒下去三家时尚杂志，有传言我们会是第四家，即使熬过了这个冬天，恐怕一开春，《雷蒙德》（*RAYMOND*）也还是会从这个世界上消失。

《雷蒙德》，十年前，雷鸣用自己的英文名字 Raymond 创办这个杂志时，丝毫没想到自己能成为东方巴黎的中流砥柱，也没想到自己还沉浸在如日中天的狂欢中时，一波纸媒衰颓的狂潮就无情地向他袭来。人生就是这样瞬息万变，或许昨天他还在因 Burberry 和 Prada 的广告版面孰先孰后谈笑风生，今天他就可能守在尘土飞扬的郊区印厂亲手将积压成山的昂贵铜版纸推成纸浆。

当然，我相信他并不会因此而被击垮，事实上他现在也的确云淡风轻地坐在我面前，为我调好一杯龙舌兰日出，以此暗示我，壮士临行。

我和雷鸣第一次见面时，桌上也是这样一杯龙舌兰日出，只不过那时我是酒吧的侍应生，而他是我的客人。雷鸣和我说的第一句话是：

“Eddie 说你不胜酒力，但我就喜欢，半醉半醒才好嘛。来，干了这杯，我带你走。”

Eddie 是这家酒吧的老板，酒吧有个一本正经的名字叫作 PARADISO——拗口的“帕拉迪索”，与其说是天堂*，不如唤作深渊。我和这个酒吧里的所有人一样，白天衣冠整洁地走在上海宽阔的柏油马路上，夜幕降临后就像寄生虫一样蜷缩在潮湿阴冷的弄堂阁楼里。只不过，他们喜欢用醉酒的姿态来麻痹自己，即使在卫生间的马桶前吐得一塌糊涂，也不忘用一条几个月工资攒下的爱马仕丝巾将嘴角擦拭干净。

Eddie 算是我来上海交的第一个朋友，他这家远近闻名的酒吧是个纵情声色的不夜港湾，所有流放于此的人，都喜欢借着醉意在油腻腻的舞池里脸贴胸、胸贴背、白腿蹭长臂，在夜晚觥筹交错醉生梦死，天色一亮，便只看到满地狼藉……在这里，没有身份，没有性别，也没有种族和国籍。PARADISO 对大家而言是个特别的存在，复古机关门、机械大吊灯——Eddie 喜欢破败凋敝的美，于是这里的一切都是灰蓝和稠黑，连装饰的干花都黯淡得令人颓唐。来 PARADISO 的人往往一脸迷惘，祈祷一杯酒下肚，就可以潦草过完这一生。

我从没想过自己会以这种方式离开 PARADISO。我以为自己会

* Paradiso在意大利语中意为“天堂”。——编者注

在这里待上十年，会和一群人虚度光阴相伴老去，会对过往恋恋不舍——但我忽略了人都是健忘的这一点，所有怀念之所以构成怀念，只是因为廉价的愧疚感作祟，当初权衡之下做出的选择，再回过头惺惺作态地伤感，又能演给谁看。

Eddie 这么精明的人，早就觉察到了我的不快乐吧？才顺水推舟把我丢给了雷鸣。

我当然没有干下那杯酒，雷鸣也没有轻易就放我走。只是他好像认定我了，醉话连篇。我义正词严地拒绝了他，我对时装行业一无所知，也毫无兴趣，我浑身上下最值钱的这双皮鞋还不及他胸口的一枚纽扣。可他还是沉浸在微醺的亢奋中大方而纵容地告诉我，他愿意给我开设一个史无前例的专栏，只写那些我感兴趣的事物，哪怕无人欣赏，他也愿意做我唯一一个读者。

这才有了《雷蒙德》每个月出刊前定时上演的：发行总监 Jessica 冲到办公室将我写的专栏撕成碎片狠狠甩在雷鸣脸上，嘴里大骂着“没有人会关心一个毫不知名的电影导演在当作背景摆设的电视机里放映了什么博洛尼亚修复黑白片！”“我们是一本时尚杂志，不是什么‘人与自然’，为什么要花三页的篇幅去介绍一种只出现在南美洲热带丛林连名字都叫不出的大型蜘蛛！”“请不要用这种装神弄鬼的萨满法师符咒占去我昂贵的广告版面！”

如果说全公司谁敢在雷鸣气焰嚣张时大胆泼他一盆冷水、凡事对着干的，一定非 Jessica 莫属；但如果整个公司马上就要垮台坍塌、树倒猢狲散了，咬牙留下、撑足最后那口气的，也一定只有她一个人。

她像是圣经故事里的莎乐美，冷艳面孔和袒露的胸肩一边被爱欲填满，一边装载着仇恨。那幅经典的画作上，莎乐美捧起先知的头颅，将自己的红唇印在了先知冰冷的唇上。而现实生活中的 Jessica，则把自己献给了《雷蒙德》。

她至少把人生重活过两回。加入《雷蒙德》之前的 Jessica 曾在论坛上红极一时——她写性爱日记，前因后果，事无巨细。人们迷恋她，只是因为她笔下那些花里胡哨的男伴标志，饿狼、蝼蚁、水蛇、瓢虫，以及对他们像是米其林餐厅甄选试吃一样的打星评分。她被众星拱月一样地追捧，男读者们向她示爱，女读者们唤她女王，那些正愁没有课题研究的社会学家们纷纷高举女权主义的大旗将 Jessica 供上神坛。人声鼎沸时，Jessica 却突然消失在了大家的视野中，悄无声息去了香港。

没有人知道她经历了什么，等她再次出现时已经摇身一变成了《雷蒙德》杂志风靡全国的专栏作家，最热闹的时候在路上随便抓一个人，社交签名引用的都是她的经典语录。她口无遮拦，写情感无性不欢，刻薄地点醒那些在红尘中苦苦挣扎的痴男怨女。但 35 岁那年，她又做出了一个所有人都意想不到的决定——脱下脚底那双 18 厘米高的 Jimmy Choo 高跟鞋扎在雷鸣办公桌上，不容商榷地告诉他："商务交给我管。"

所有的流言蜚语都是从那一双高跟鞋开始的，她们说，和高跟鞋一同脱下的还有那条黑色 Myla 内裤。

而我也就是在那一天，顶替了 Jessica 的版面进入《雷蒙德》，看到了留在稿纸上的她每期专栏的开场白：

“生活永远建立在谎言之上，我们需要做的不是戳破它，而是把自己也变成谎言。”

我平静地喝下一口龙舌兰日出，伴随着搅动舌尖的红石榴糖浆出现的，还有同样平静的 Jessica。她的妆容憔悴苍老，眉角浓黑的眼影也遮不住松弛的皱纹。她把平顶圆礼帽摘下轻放在桌沿，理了理镶珠串玉的法式华丽衣领，乜眼看我，恍如过客。正如雷鸣所告诫的那样，我几乎会在所有场合避开 Jessica。

她抱怨我常年一件朴素的深蓝压纹大衣、一顶贝雷帽，像是爱尔兰的乡下青年。她对我态度不好，除去我的衣着言谈与她相形见绌，更重要的原因，当然是作为商务总监的她向来不满我的专栏，每每将销量走低归咎于我。雷鸣劝我不必介怀，他早已替我挡下所有子弹，信手将标题一改，取个折中方案。

但这次却颇有英雄末路的意味。她划火柴点燃一支佳士达香烟，靠在落地窗前轻轻拨开一小片百叶窗的叶片，透过缝隙望着上海的街角。一袭薄黑长裙不似晚宴盛装，反倒像带殡出征一样肃穆得让人昏沉。

我闻到桌上残留的那股味道了。咖喱牛肉、青豆和冬阴功，雷鸣喜欢吃泰餐，酸辣总会刺激味蕾让人保持清醒，而现在，酒精却开始在我体内鼓噪热流，直捣脚底，试图搅乱心智。我和雷鸣遥相两望，他不自觉用手解下脖颈处勒得太紧的衬衣领结，透口气。

“不愿意就算了，一拍两散，迟早的事。”办公室里气氛凝滞，Jessica 忍不住打破这种沉闷。

我心里打鼓，眼珠子当然没有转过去。我以为她在讲电话，或者向雷鸣倾诉别的什么事情，与我无关，但很快我就意识到自己可能正身处鸿门宴中。果不其然。

“《雷蒙德》纸刊的最后一期……决定做乔薇的独家专访，同时也是电子版首刊。虽然你一向对女明星没什么兴趣，但我和 Jessica 一致觉得你是最合适的人选。”

“乔薇？”我诧异地望着雷鸣，“她出道以来从没接受过任何人的采访，你比谁都清楚吧？”

“从——没，光这两个字儿就得有多诱人啊？”雷鸣眼睛半眯着，他早就习惯用甜言蜜语逼我就范，“这么千载难逢的机会，这么绝密的独家，非你不可。”他走过来拍拍我肩膀，一副亲昵的样子：“见面的事情我已经替你打听好了，她这几天住在胶州路华季酒店，每天下午四点会定时在马克西姆餐厅的二层露天花园喝下午茶，到时候……”

“恭喜你。”我把手中的杯子放回桌上，面不改色，“如果这是一场裁员面谈的话，恭喜你的目的达到了。”我耸耸肩，表示自己无能为力。

“又要小脾气了不是？”雷鸣努努嘴。

“我很认真。这一切太突然了，我毫无准备。你能想象得出，我拿着一根录音笔突袭到她对面，赶鸭子上架逼她配合完成整个专访吗？”

“鸭子？不不不，你是雄鹰，我借给你东风。”雷鸣握着手里的檀香深吸了一口，比画出展翅的姿势，试图用无趣的玩笑话说服我，但我无动于衷，Jessica 反倒冷笑了一声。

“决明弟弟，现在可不是你任性的时候呀。”她皮笑肉不笑，皱纹都紧绷在脂粉后，“过去这么多年姐姐我替你填的坑不少了吧？2007年那次，你在文章里暗讽 MK 的设计师个个是抄袭专家，让我领着一众招商部的同事给她们登门致歉。2009 年，甲流肆虐，你斥责爱马仕活剥鸵鸟皮令公司招来无妄之灾。就在上个月，你嘲笑 Valentino 在肯尼亚拍时尚大片是一群虚伪矫揉的中产阶级在惺惺作态……”

“我承认你说的是事实。但我说的，也都是事实。”

“事实？真正的事实可不就是因为你口无遮拦，我们全公司上下三十几个人差点陪你一起玩完喽？”

Jessica 向我逼近，她摆弄着无名指上那枚硕大的宝格丽碧玺猫眼戒指，耳朵上的翠绿吊坠和高跟鞋发出的声音一样咄咄逼人。雷鸣说的没错，她会让所有人黯然失色，哪怕她早已不再年轻。

“好了，事情也还没到那一步嘛。”雷鸣站起来捏了捏我的肩，顺手从桌上拿去我喝过的那杯酒，小酌一口，连连感叹自己的手艺又有长进。他话音一转，两眼直视着我：“就算真到了那一步，你也不用担心去路，有我一口饭吃，就有你一口酒喝。”

我知道他话中有话，是要我报他十年收留恩情。窗外雾色灰蒙，淮海中路上线条分明的现代建筑冰冷生硬，拥挤的人群在红绿灯前小心翼翼地拎起大衣下摆，避免沾到湿漉漉的水渍。我从雷鸣手中接过酒杯，一饮而尽。

“行，我写可以，但有一个条件，还是老规矩，一字不改。”

“这是当然，我对你有信心。”雷鸣两条腿架在桌子上，身体靠住椅背，“对乔薇，也有信心。”

Jessica露出满意的笑容，深深吸了一口烟，喷在我的脸上，像迷迭香，让人堕入重峦叠嶂。我以为自己早就看透她了，没想到她临走前又给我杀了个回马枪，她从包里摸出一串车钥匙扔给我，冷不防说了句：“见乔薇前换身衣服，还有，别再坐公交车去了，怎么说你也是《雷蒙德》的人。”

不等我拒绝，她已经利索地戴好帽子，转身消失在走廊尽头。

雷鸣打趣道：“还是头一次见她用这种语气跟你说话，不得了啊。”

Jessica从没承认过我是《雷蒙德》的人，也没正眼瞧过我，又怎么会关心起我的行头？她这回的示好可没那么简单，没了刻薄，我才害怕她笑里藏刀。我握着手里的车钥匙，犹疑不决，但两只脚不听使唤，还是坐电梯抵达了地下车库。

那辆车很漂亮，有点像60年代的Shelby野马，白色勒芒条纹从前端一直延伸到车尾，活像一条眈眈而视的眼镜蛇。打开车门的那一刻，我感觉自己被狠狠咬了一口。

车厢里浓郁的圣罗兰“鸦片”香水味，是Jessica身上独有的味道。

扑鼻而来，似乎可以看到一个清瘦的女人绷着脸在跳弗朗明哥，旋转踱步，白颈颀长，两眸幽黑，结束最后一个动作后，她腰身支起，像弹奏中的一只弓，心里默念着节拍，三面硕大的镜子将身影投射在旁。即使是热带森林里蓬勃生长的藤蔓植物，也忍不住用舌尖缠绕着最深切的情欲。

我把音乐声调大，是切特·贝克那首《我可笑的情人》，这个因沉溺毒品而落寞逝去的音乐天才，声音冷清忧郁，像尘灰落在唱片机那样沙沙动人，幽暗低回。

还差一刻十点，贝壳告别 PARADISO 的收官夜即将开始，我狐假虎威，借着人情驱车上路。

1

衡山路。法租界。悬铃木。没有淮海中路之前，这里是东方香榭丽舍，光彩照人。贝壳当年第一次来到这里，也不得不感叹，香港快要落伍啦。那是十年前，贝壳刚刚被 Eddie 从曼谷情欲十足的席隆大街带回。他是整个夜场里年纪最小的 money boy，19 岁，香港人，为了替男朋友还赌债，只身闯荡东南亚。Eddie 说，他整个人在那声色犬马的环境里显得格格不入，活像一个贝壳，且是只闭不开的那种，冷漠无助。

贝壳长得高瘦，却黝黑，他的身体有海豚一样漂亮光滑的线条，难得过了十年，依旧健美如初。贝壳绝口不提他在香港的往事，仿佛那已成前尘，上海则为重生。

已经有很长一段时间没回 PARADISO 了，如果不是为了贝壳，我想我也不会故地重游。从我关上车门的那一刻，就已经听到了门廊前那几个黑白打扮系着花领结的侍者的窃窃私语，他们眼神里流露出的刻薄与艳羡是我早就料想到的，这么多年，领班和扈从早就不知换了多少，可流言蜚语总是一代代相传，孰真孰假自然分不清。贝壳剃了寸头，穿缎蓝西装，裤子紧，侧过身便看到臀腰峭拔挺立，撑起上衣的后摆。他比从前要爽朗，笑着向我招手，眼眸依旧深邃乌黑，只是清澈中多了一丝成熟。

“决明哥。”我老远听到他的声音，走过马路和他拥抱。好在，他虽然待得久，却没学会那种连抱姿都油滑的惺惺作态。他的头轻轻靠向我肩膀，叹了口气说：“很累，但舍不得走。”

我明白，能熬过十年实属不易，大部分 money boy 被 Eddie 带回来时都哭爷爷求奶奶感恩戴德地说要留一辈子。可铁打的营盘流水的兵，这点道理还有谁不懂呢，所以当初那些来时叫唤得最厉害的，往往也走得最快最不留情，几乎是一见金主，便迎身去钓。Eddie 向来讲规矩，只要钱交足，要走要留自便。不过 Eddie 也说过的，要有谁真留够十年，前债一笔勾销，还包个红包风光送他收官。贝壳是我知道的第一个，恐怕也将会是最后一个。十年过去，PARADISO 早已不是当年那个人人称颂的圣地，它如今萧条落魄，还不及街尾门可罗雀的咖啡厅，也不知能再撑几年。回头客倒是有，只是那场“瘟疫”让人纷纷自危，若能九死一生幡然悔悟，大都在忏悔里度过余生，哪儿还有心思享乐作乱？

我和贝壳都经历过 PARADISO 最鼎盛繁华的时期，全上海就只有 Eddie 会明目张胆贴着椎名林檎的专辑海报《加尔基 · 精液 · 栗子花》，他还差点把“东京事变”乐团请来演奏。走在衡山路上，光用耳朵就能分辨出 PARADISO 与众不同的声音。那时候连马赛克地板都擦得金光闪闪，吧台设计成弧形，两个巨型车轮储酒罐像关不上的洪水闸口，一直倾泻。我最喜欢听玻璃杯续酒的声音，清脆绵延，让人亢奋新奇。在 PARADISO 里，我是侍从，贝壳是舞男。上世纪 60 年代好莱坞有部电影叫《午夜牛郎》，贝壳说自己若是流浪纽约，一定也好不到哪里去。他的肢体僵硬，面容凝滞，常常因忘记动作而被客人哄下台，即使被叫了号，也总因冷漠寡言而让人丧失兴趣。差不多有整两年的时间贝壳没有营收，他连被客人捏一下屁股都紧张得脸红，更别提坐台陪酒。PARADISO 里没有妈妈桑，是成是败，全靠自己。

Eddie 倒是比贝壳更能沉得住气，不疾不徐，也不道破点明。他那时四十多岁，一双细长的吊眼，面相宽厚，身材敦实，活像一只胖金鱼，笑起来八面玲珑，不笑时拒人千里。他早就看透了浮世绘里众生相，知道凡事讲求个机缘，过于勉强只会适得其反。直到有一夜，贝壳被喝醉的客人揪住头发浇酒在脸上，整个夜场却无人问津，他看向四周，连哭的勇气都没有，此后才变了性情。

虚与委蛇是真，落落大方也是真。在 PARADISO 里，有的不只是逢场作戏，还有许多弄假成真。我也曾问过贝壳，夜夜笙歌好歹也算千帆过尽，难道就没有一个人得了他的眼？他一味摇头，讳莫如深，或许还是没能从上一段感情里走出来，心似双丝网，中有千千结。

熬过十年，贝壳现在是无债一身轻，他在吧台练就了千杯不醉的技能，却始终心无所依。调酒师取了瓶香槟，像变魔术一样“嘭”的一声开启，我看了眼贴纸，是黑桃 A 香槟。轻轻抿一口，打趣道：“什么好东西到了我这儿，感觉都要被糟蹋了。”

贝壳轻轻和我碰杯，很是腼腆：“决明哥在外这么多年见多识广，还怕入不了你的眼。”这杯热酒下肚，客套话还没说尽，贝壳就忍不住低下头，两眼迷离地望着我：“Eddie 让我回香港，但我一点儿也不想走，上海会有我的容身之地吗？”我看着他的眼睛，心疼，却无法替他解答，毕竟，我都自身难保，又遑谈助人？

“真替你开心啊，有个落脚之处，生活安稳……你知道吗，店里还订了你的杂志，我一期不落都看了！”他托着下巴望向我，笑时露出一口白牙，见我领子歪折，又伸手翻平，“那辆车子真漂亮，羡慕你每天都能飞驰在上海的宽马路上。”

“车其实……”

“我呢就只能待在这么大个地方，原先热闹点儿还好，现在放眼看去，粥多僧少，我也越来越老。”

“在这里看是老，可出去了还年轻啊。”

“感觉像是个刑满释放的犯人，什么都要从头学起。”贝壳摇摇头，喝了一口刚调好的马天尼，“他们说，来这儿以后学的那一套，出去了得特别小心翼翼，即使被人认出来，也要装作清清白白。”

我看着他担惊受怕的样子，不免想起他刚来上海的时候，19 岁，束手束脚，说话都细声细语。Eddie 给我们几个在附近租了一套很大的公寓，每天贝壳总是第一个醒来，替我们烧水，倒垃圾，把桌子擦得干干净净，生怕自己做得不好而遭受责备，但其实大家都不是那么讲究的人。从公寓的阳台看出去是一所大学，有一块修剪得整齐的绿草坪，每天都有自行车的铃声叮当作响，贝壳似乎很迷恋那种声音，常常一个人搬一张椅子趴在阳台上，望着远方。后来他买了一束风铃，挂在窗檐，我们都练就了一种本领，听铃声，判别风从哪个方向吹来。

那时候的白天很漫长，不开工，也睡不着觉，贝壳喜欢坐着双层巴士游荡。摇摇晃晃的，总让他回忆起香港的叮当车，车厢窄小老旧，车身的颜色却鲜艳明亮。有时候趴在座位上睡过去，阳光缓慢挪到脸上把人烫醒，手臂和脖子都有温热的气息，恍惚间，不知道自己到了什么地方。他觉得上海和香港某些地方很像，比如车子常常从高架下面驰过，像穿入一条油腻腻、湿漉漉的市井小道；比如两个繁华的中心，都会隔着一条细长的港湾遥遥相望。路都很窄，楼都很高，人都很挤，天气都很好。

不过上海的冬天要比香港的难熬。没有暖气，墙面像渗了水一样阴凉，客厅和卧室里放着油汀取暖器，温度调到最高，可一打开窗子，还是觉得外头比里头要温暖。Eddie 不许我们几个抱在一起取暖，他担心日久生情，堡垒在内部消耗。贝壳的那间屋子漏风，他每天裹着厚厚的毛毯窝在床上，两腿冻得直哆嗦，一边怀念香港和曼谷，又一边说服自己上海很好。

后来我搬去了虹口，贝壳还总给我发信息说：感觉整个公寓像是被虫子蛀得空掉了，等反应过来，已经找不到人可以说话。但其实，即使是我在的时候，他也只是偶尔向我讨书来看，简体字他读得吃力，小说也很难提起兴趣。

过年过节倒是会聚聚。春节那几天上海的街道格外空旷，尤其是夜晚，我们从衡山路走到淮海中路，沿着有法国梧桐的街道走，看那些灯光暗淡的弄堂阁楼，还有气派落寞的洋房。狠狠心买些进口车厘子，还有猕猴桃，两个人提着水果又原路折返。想想还真是漫无目的啊，非得跨区去买这些并不怎么新鲜便宜的食物，好像只是为了顺便看看这座城市冷清时的模样。

我们都看惯了热闹，反倒过年了，所有人都无精打采。PARADISO也暂停了营业，所有人缩在公寓里那张大桌子前吃火锅，热气腾腾，却还是缺了点儿什么。他们打牌，聊天，四仰八叉地睡在客厅，彼此恭维，又忍不住刻薄多嘴。后来几年，我就很少和他们联系了，即便一个人孤独得要死，也觉得从虹口到徐汇的距离太远。或许不是懒，只是想尽可能淡忘。

贝壳的告别会开到后半夜，Eddie才姗姗而来。外头下了点小雨，雾气蒙蒙的，他戴的八角帽上有一层细细的水珠，帽檐下塌，使得他原先憔悴的脸更显苍老。这几年生意不好做，他也苦恼生计，考虑过要把店铺盘出去，但又于心不忍，一拖再拖，终于成了没人要的烂摊子，他倒也安了心，回光返照似的，享受这最后一点大好时光。

侍者们排成两排迎接他，肉盾墙，草裙舞，争相斗艳，Eddie招手示意大家自由自在，人群才各自散开。他径直走到我和贝壳跟前，嬉皮笑脸地同我们抢酒喝。

“我这辈子没子没孙，没福气，还好有你们，以前我是老鸟得罩着你们这群小雏，现在一个个都长大了，我早飞不动了，也不想飞了。”

“Eddie 爸爸，你不用飞，我们众星捧月，托着你。”贝壳没让 Eddie 喝酒，他知道 Eddie 查出肝不好，所以赶在 Eddie 热酒下肚前，夺过酒杯，有些忐忑地说，“我这几年还攒了一点钱，不多，但想着能不能把 PARADISO 的门廊重新装一遍，要是能分我个小小股东的名分，我这辈子也心满意足了……”

Eddie 笑眯眯：“这钱是无底洞，要不回来的，你留给自己，总没有错。”

我猜到会是这个结果，但还是惊讶贝壳这么做的目的——他并没有很多钱，也一直节俭，甚至对自己极为苛刻，从前所有皆是身家性命，会牢牢握在手里。最终，Eddie 还是拒绝了他的好意，他为此显得很失落，不情愿地点头。于事无补也好，捉襟见肘也罢，或许对于 PARADISO 而言，最好的结果，便是任由如此，不做改变。

舞台上新招的爵士歌手一开嗓便是大卫·贝努瓦的《当爱消逝后》，一人分饰两角，男腔女调，唱得人醉眼迷离。

贝壳给自己灌了很多酒，他看似清醒，可眼泪却止不住地流，不听劝，也教人不知如何劝。Eddie 找人扶他回公寓，他都一一推开了，嘴里念叨着：“决明哥要开车带我兜风，要飞越上海最繁华的高楼……”

他们都看向我，我的虚荣心作祟，只好勉强答应。

贝壳手里举着一瓶桃红酒，兴高采烈地钻到副驾座上，像个顽皮的孩童。Eddie 前来送行，我看着已显老态的他，忍不住说谢谢。他摆摆手："早就互不相欠了。"这么多年，Eddie 还是那个 Eddie，我却已经不是从前的我。

当年雷鸣夸赞 PARADISO 酒单上的字迹娟秀，Eddie 便引我来与雷鸣相识，又偷偷拿出我的小说给他一睹，阴差阳错入了雷鸣眼。Eddie 曾说，雷鸣流连这么多夜场，围在他身边的男男女女，都笃定又世故，巧言令色；但我却不一样，他从我的眼睛里什么也看不出来，没有欲望，没有索求。

车子飞驰在上海最宽阔的马路上，贝壳拉低车窗，风吹进来，一边是黄浦江，一边是万国建筑，而我们，渺小得如沧海一粟，早早就迷失了自己。贝壳吐出漂亮的红色液体，他脱了西装外套，头埋向我，我就把车靠在河堤，任他号啕大哭，任他放声大笑。

夜里两三点，除了雨声，出奇安静。贝壳在桥上来回跑了几圈，弓着腰，手里抱着空酒瓶，身体显得沉甸甸的，然后停在一处扶栏边，无助地坐在地上。他醉醺醺的，指着黄浦江对我说："看，维多利亚港……我和 Jeffrey 就是从葵涌码头跳上一艘货轮的……Jeffrey 欠了赌场好多钱……十天呢，整整十天才到泰国……他们都说去 Chinatown，骗人，全都骗人，那里乱糟糟的……我等他，多久都等他，可他在天之灵要是能看到……为什么不来救我……"他抹了抹眼泪，啜泣着，声音越来越低，我快要听不见他了。晚风轻轻吹过来，凉得他浑身发颤，哆嗦着，浪花猛烈拍打礁石，他没有更清醒，反而陷入往事中无法自拔，最后靠在我的肩上沉沉睡去。

我不忍叫醒他，于是扶着他搭在我肩上的手臂，想拿开瓶子，他却在梦中挣扎，死死护住，呓语不停。我艰难地把他拖进后座，要关门了，他吃力地抱住我，喃喃道："我不会让你再离开我了……"他微笑着躺直，我找出毯子替他盖上。不经意间，我看见 Jessica 留下的礼盒，一套布里奥尼西装，一枚蓝色丝绸领结，纸条上写明了留给我。我把礼盒小心翼翼地放在副驾上，深吸一口气，打起精神开回虹口的公寓。

外白渡桥边，80 年前建造的百老汇大厦如今被四周几座高耸入云的摩天高楼掩去了光彩，但在雾中，它却如灯塔一般清晰可见。我就住在它身后不远处的石库门弄宅，从窗口望出去是红砖斜尖顶的摩西会堂，平日白天和周末，能看到成群结队的犹太人跋涉前来。

我把他安置到床上，自己则抱着被子蜷缩在客厅的沙发里，怕他醒来头疼欲裂，喂他吞下两粒药片，又担心他昏睡过度，只好留着灯提防警觉，几乎整夜未眠。他一有动静，我便起身查看，反复如此，天色已经透亮。他安静得像个嗜睡的婴儿，只是不知梦见什么悲伤的事物，两行清泪挂在面庞，我忍不住替他擦拭。

2

我曾问过贝壳，什么样的爱情，才让人觉得既平实又深刻。贝壳想了想说，分开后，你会不自觉地把世界分成两种人，一种是像他的，另一种是不像他的。

我说不上来贝壳说这话时的表情，他平静如常地站在窗边拨弄着风铃。那是夏天快要结束的时候吧，白色的茉莉小花还留有最后一点香气，努力挥散到空中，飘到我们的阳台。白衬衣被风吹得呼呼鼓起来，我在里面看到了破碎的花瓣挣扎着不愿落下，还在努力做最后的告别。

一个人搬到虹口后，我连说话的耐心都快要消耗尽了。早些时候，我还会挑冷清的午后去公园散步，后来渐渐连下楼都丧失了动力。看着贝壳躺在床边，我也会闪过这样的念头：两个人，他陪着我，会不会好一些呢？但我很快便清醒过来，共同生活在这么逼仄的空间里，维系彼此的那点微弱友情，用不了多久就会被吞噬。

雷鸣总是这样不合时宜地发来慰问短信，客套地问我今天的安排，实则催我去赶访谈。我没有回他信息，但我知道，这事情早了断早好，要让他彻底绝望，也只能先顺从他的想法，做那些白费心机的无用功。

那套布里奥尼西装让我慵懒的背脊都挺拔起来，裤管和衣袖贴着身体，紧绷得有些透不过气。我很少穿西装，那会让我浑身不自在，即使是在 PARADISO 的时候，我也宁可穿宽松暴露的背心制服。

但今天例外，看着镜子里的自己，我一度晃了神。如果不是身后因过度潮湿而剥落的墙粉，我有一瞬间误以为自己和 Jessica、雷鸣他们是同一种人——开着豪车，住在国际公寓，身穿名贵私人订制，出入米其林餐厅……我抖了抖衣服上不小心沾染的灰，唯一能做的，便是把胡子刮净，头发梳整齐，喷上从抽屉里摸出的放置已久快要挥发殆尽的廉价香水，这使我看上去显得不那么潦倒落魄，也只有这股熟悉的气味能使我迅速平静。可无论怎么看，还是疲惫单薄。

好在 Jessica 大发慈悲，主动借我一辆车，她在这行待得久，比我更清楚，有时候，行头比名字更能镇得住场子，压得过气势。刚进《雷蒙德》时我也担心自己会迷失，可我见识了太多不择手段的人，都以为自己能勉强探个头张望里面的花花世界，然而事实呢，即使学得再像，大部分人这辈子也都只是东施效颦，在会场外兜圈打转，永远不可能拿到一张心心念念的上流社会入场券。他们又怎么会愿意相信，整本《雷蒙德》不过就是用力吹出来的七彩泡沫，一戳就破。

不知道是幸运还是不幸，走到两个街区外的空地取车，才发现被人扎爆了后轮，车身倾斜，玻璃上贴着粗俗不堪的字词。大概是住在附近的青年，看到我和贝壳两个男人昨夜醉醺醺归来，心有不悦。我不得不打消自己以这辆车“充胖子”的念头，有些懊恼，但也很快释然，查了抵达酒店的换乘路线，去等公交车，坐在靠后的位置，让自己别太显眼。

可那枚蓝色的领结实在格格不入，车上几乎所有人，都用异样的眼光看我。我拉开窗子透气，法国梧桐繁盛的枝叶剐蹭着玻璃，发出沙沙沙的声音。我佯装镇定地翻看手机里雷鸣发来的乔薇资料，对女明星很难提起兴趣。她这套照片和文字档案，冷冰冰不近人情，几组硬照，眉宇像是上世纪 YSL 那幅经典冷酷的吸烟装广告。

雷鸣说她像周天娜，我倒觉得，她的随意松弛，是出于本真自然，而非精致的修饰。她的履历，公众所知的，也不过是那些冷冰冰的数字——年龄，身高，体重，无关紧要。谈不上吸引人，但至少，她不是娱乐产业流水线上能做出来的艺人。

我或许应该相信雷鸣的眼光，几年前乔薇还当红，他们就在酒会上有过一面之缘。慈善之夜，所有出席者都穿得典雅端庄，唯有乔薇，一袭露脐斜裁的黑长裙，在人群中言语寡淡、来去匆匆，雷鸣连名片都来不及递。放在平时，雷鸣一定破口大骂，没见过哪个明星不主动往大刊上靠的；可论及乔薇，他只感喟自己和《雷蒙德》的魅力不足。后来一连几期，他都逼着编辑部的人去敲定乔薇的封面，孜孜不倦地把杂志塞到任何乔薇会出现的场所，似乎只要乔薇能看上一眼，他便满足，只可惜终究一无所获，乔薇直至退出演艺圈，也没有接受过任何一家媒体的专访。关于她，人们只能道听途说，或是将只言片语拼凑，令她平添了一丝神秘。没想到这么多年过去了，雷鸣依旧念念不忘，或许也正因为是最后时刻了，他想再努力一把了却这个心愿，以此结束《雷蒙德》，才让他了无遗憾。

车开到九江路的时候突然变了天，雨混在风里，从窗口飘零而入，天阴沉沉的，两旁的建筑都要倾轧下来似的，暗得人心绪不宁。我想把车窗关紧，却被前座新上来的陌生女人用手止住，她留了个缝，方便把烟气往外吐。

“GITANES，跑了三条街才买到的，来一根？”她没有回头，轻轻将手背过来，烟盒举在空中，从玻璃中看我，她盯着我衬衣口袋愣了几秒，回过神见我没反应，把手收回，嘴角轻轻笑着，“衣服挺好看的，但不适合你，女朋友挑的吧？”

她穿着一条蚕丝长袍，像是睡衣，柔软、轻薄，两条腿交叉拢着，斜仰着头，抽烟的姿势像是在沉思。她的背影看上去既活泼，又冷漠。我犹豫着不知道该怎么回答，她猝不及防就转过身，把烟气喷在我脸上。

“最喜欢看你们男人这种表情了，盛气凌人，又不知所措。”

我并不喜欢这种无聊刺耳的玩笑，但我还是努力礼貌地回她：“这是公交车，不是酒吧也不是夜店，我只是和你素不相识的陌生人，不喜欢听这样的无聊玩笑。”

她倒一副镇定自若的样子，把烟头摁在玻璃上熄灭，向我投来一个诡异的微笑："嘿，无聊的陌生人。"

直到报站下车，我看见她俏皮地趿着脚上那双湿漉漉印有华季酒店的棉拖鞋，才恍然大悟。没想到我和乔薇的初次交锋是那么突如其来，还没想好怎么说开场白，就已经提前把她给彻底得罪了。

我站在酒店大堂，进退两难，不知所措，乔薇的资料里可没一句强调过她喜欢穿着睡衣在大街上走，或是在公车上捉弄陌生人。我哭笑不得，翻出手机想要给雷鸣打电话，突然被人揽住手臂拉出门外。

"来陪我抽根烟，将功赎过。"

我俩就这么站在马路边的栏杆前，靠着一棵有些凋零的法国梧桐，等着她抽完那根烟。

"你知道我是来找你的？"我小心翼翼地发问。

"不然呢？"她撮灭了烟头，"路上一直低着头看手机，把我的照片来回翻，赏金猎人？也不知道是哪个王八羔子把我的酒店信息泄露出去的，每天都有乌七八糟的人守在附近。看见了吗？对面那两个坐在露天餐厅里的，盯了一周了，连衣服都不带换的，熏死人啦。"

我顺着她的目光往对面看，那两个人不像是同行，倒像无缝不钻、无孔不入的狗仔。

"你呢？又是哪家派来的？"

"我给《雷蒙德》写专栏，这期想采访你……"

"时尚杂志？"

我点点头，后悔没有带一本样刊以示身份。

“连时尚杂志也来凑热闹啦。公交车上还要补习我的资料，道听途说，里面没一句是对的。”她将烟屁股扔进下水道，最后一口烟喷向我，“你刚入行吧，脸皮薄，心气高。”

我耸耸肩：“你的确和资料里写的完全不一样。”我靠在栏杆上，转过头看她，似曾相识，又远隔千里。

“是吗？里面都写了什么？”她抢过我的手机，忍俊不禁，“纤弱清秀，不染脂粉，冷峻傲慢……林黛玉？来来去去就这几个形容词，没劲。”

我耸耸肩：“你拒绝了那么多专访，他们没法儿写，只好胡诌了。”

“这和流氓有什么区别？一丘之貉。”

“别把我算进去，我可不是。”我话没说完，她就把刚点燃的烟塞过来堵住我的嘴，我猛吸一口，呛了一脸。

乔薇拍着我的背，惊讶大笑：“这么大个人了连烟都不会抽？也太好玩儿了吧！说说看，你还有什么本领。”

她开始上下翻摸我的衣服，想搜寻什么似的。在碰到我胸口那枚徽章的时候停顿了一下，然后收起了手。

“录音笔，针孔摄像头，定位仪，统统交出来。”

我摊手表示没有。

她瞟了我一眼：“这么不专业？没劲。”

“那你想怎么个有劲法？”

她随意看了我一眼，又看了看街对面，神情突然由轻松变得紧张，拽着我快步走，钻到小巷弄堂，开始跑起来。我看到身后追过来的几个人，虎视眈眈的，觉得诧异，她嘱咐我不要回头，我们便绕圈圈一样地在威海路附近打转——那双棉拖鞋她干脆扔掉，赤着脚在疙瘩地上跑。

雷声闷头一棍似的，雨开始大起来，才下午，天色就已经暗得让人看不清路况。我们在雨里淋得浑身湿透，她的睡衣贴在皮肤上，近乎透明，她没有穿胸罩，贫瘠的乳房隔着一层薄纱，像属于十四五岁的少女。我们站在屋檐下，她把头发和衣服里的水都拧了出来，露出锁骨和尖下巴，我才开始仔仔细细地看她。那一瞬间，雨水模糊了她的轮廓，却让我有种热腾腾的惊心动魄。

“他们为什么追你？”

乔薇被我这一问，怔住了，愣在一旁有些不自在，努力岔开话题：“好玩吗？有没有觉得很刺激。”

我摇摇头，和她面面相觑：“他们不是普通的狗仔吧……他们监视你？还是你得罪了什么人？”

“我天天都在得罪人，数不过来了。”她靠着墙壁打战，焐着手掌取暖，“想英雄救美啊？还是怕完不成任务回去交不了差。”

我表示招架不住：“你挺能说的，又很活泼……但我不明白，你为什么折腾自己，当个明星不是挺好的吗？”

“怎么是折腾呢？许先生死了，我当然就自由了。”

“许伟杰？你的经纪人？”

她从口袋里拿出烟，但全都湿透了，没法点燃，她有些暴躁地将盒子揉团整个扔到路边："这条巷子走到底，696 号，以前是个老房子改造的艺术区，我和许先生就是在那儿认识的。当时正好展出我朋友给我拍的一组照片，他挑中了我，带我去香港培训。"

"对不起，我总是不经意就会刨根问底，揭起别人的伤心事。"

乔薇装作没有听见，往屋檐外伸出手掌，试探一下雨的大小："再过几分钟，差不多就可以走了，上海这个季节的阵雨啊，说来就来，说走就走。"

"所以现在，你想清楚了吗，要告诉我那些人为什么对你穷追不舍？"

"我可从来没说过要告诉你。我要是知道他们为什么盯着我，就不需要你大老远跑来这儿陪我躲雨了。"乔薇故作轻松，但我能觉察到她眼神里的警惕，"好了，现在你可以走了，我要回酒店休息了。"

她好像厌烦了我，头也不回就径直往酒店走。其实没离开多远，我们绕了半天，也不过是几百米的路。街对面那几个人似乎换了哨，仍旧明目张胆地坐在路边盯着我俩。

经过大堂的时候，侍应生们都微笑着和她打招呼，一口一句"乔小姐好"。

在电梯门口，乔薇突然转过头对着我说："送到这里可以了吧。再送下去，可就不知道是去通明宫还是阎王殿了。"

就在电梯门要关上的那一刻，我学着她卡住车窗的那股劲儿，把门撑开，死皮赖脸地走进去，和她并排站着。

"还没给你正式介绍，我叫决明……"

"我知道你是谁，我看过你写的那些狗屁不通的专栏，你们主编雷鸣把杂志铺天盖地地塞在我周围，我想看不到都难。但我就是不想被人采访，尤其是你。"

我摊摊手："我想你会改变主意的。等你进了房间就知道了。"

空气凝滞了片刻。

"命都是自己选的，你愿意，就随意。"她站在电梯里，利索地刷卡，按楼号，把我当作空气。

3

潮热的水汽顺着阁楼窗台飘出去，抽风机老旧又迟钝，带不起旋转的扇片，玻璃晕出一层白雾。杂乱的电线上皱巴巴的衣服被风吹得鼓起，上下翻飞，夹子费劲地卡在那儿，趁天不落雨的这一小阵子，让衣服阴干。这个时间段，整条弄堂连混凝土都夹着饭菜香。

“你怎么知道她的房间被人动过？”贝壳两手托着下巴，在厨房里热汤，他小心翼翼地盯着火花看，眼睛眯成一条线。他睡了一整天，总算酒醒了，情绪也恢复如常，但估计断了片，都记不得自己昨夜在黄埔大桥边奔跑的英姿，只是感到两腹空空，早上一口气灌下一碗粥，这会儿又饿了起来。

“电梯。”我站在贝壳身后，顺着他的手臂抢过汤勺，试了试味道，“酒店大堂一共四部电梯，我和她刚走到等候区，旁边餐厅就挤过来三个黑西装男人，分别堵在一部前，按了向下，好死不死，我们等的那台电梯偏偏一直显示停在 22 楼，可是到了一楼电梯门朝我们打开时，却又是空的。”

“22 楼？这很奇怪吗？”

“乔薇就住 22 楼。”我灌下一口汤，“味道正好，可以开餐了。”

“那她打开房间门，是不是吓得当场抱住你啊？”贝壳咧嘴笑着看向我。

我摇摇头：“房间里有人在打扫卫生，她特别淡定地给酒店前台打电话，说自己明明交代过任何人不要进房间，为什么还有人出现。你猜酒店怎么回她的？”

“甩锅给临时工？”

“他们说是从她房间打来电话要求打扫的。”

“假借他人之手毁尸灭迹，侦探剧里惯常的招数。”贝壳脱口而出，又害羞地摸摸后脑勺，不好意思地说，“不知道我猜测得对不对……除了打扫卫生，还有其他什么诡异的地方吗？”

“报纸。”我回忆起下午酒店房间的情形，床头柜上有一叠报纸，餐桌上也是，看日期有很长一段时间了，“很难想象，像乔薇这样的年轻女人会有看报纸的习惯。”

“娱乐八卦版面，看自己的新闻？”

我摇摇头：“折痕都在时政版面。可能是我多疑了，说不定只是打扫卫生的阿姨临时放过去的。”

“决明哥，你真放心让她一个人吗？万一有人破门而入……”

“那些人按兵不动这么久，要急着进也不会等到现在。”我把汤端到餐桌，手掌热乎乎的，上海湿冷，不喝汤，胃就不舒服。“关心她还不如关心下我们，这雷鸣早不说晚不说，偏偏这时候让我找她，我肯定被当作和她接头的线人了。你看楼下那辆车，打我回来就一直靠在那儿，一动不动。”

“这么大阵仗？我们是不是得赶紧走？”听完我的话，贝壳立马放下碗筷，紧张得趴到窗边张望。

“别慌。不跑还没事儿，一跑，别人就更觉得我们有嫌疑了。”我犹豫着要不要和贝壳坦白所有，这事不该牵连到他，多一事不如少一事。乔薇的本意，也并不是要拉我下水，只怪我偏偏机不逢时撞上枪口，让她以为我是被人派去混淆视听的，还是个不合格的刺探，在公交车上才开始恶补材料。她拉着我到 696 艺术区，故意说起许伟杰，想探我虚实，若不是最后电梯那一下证实了我的清白，恐怕她还觉得我接近她另有目的。

乔薇是许伟杰一手带出来的，圈里有关许伟杰的风言风语此起彼伏。虽然我两耳不闻窗外事，但这进进出出，也还是听说过许伟杰，只是夸赞的少，诋毁的多。说他嗜赌，说他性瘾，说他只手遮天，香港娱乐圈就是被他搞臭的。

那是香港娱乐圈的黄金时代，许伟杰黑白两道通吃，他把从演艺圈挣的钱拿去投房产，桑拿店从九龙开到深圳，收入最丰厚的是湾仔的茶楼。许伟杰巅峰时期，捧出一溜明星，哪家小报记者敢数落他？人心隔肚皮，嘴长在别人那儿，等他势衰，公司和股市一起被赌垮，连曾经带出的艺人都反水，对他恶言相向。若不是他赶上大陆娱乐业兴起，用当年那一套规则如法炮制出乔薇，恐怕许伟杰早就会被人忘记?

也正是乔薇当红之际，许伟杰的陈年旧账又再度于坊间流传，污言秽语，不堪入耳。说他当年在香港，带着一群刚出道的年轻男女去大佬酒局上作陪，价目公开，逐级上升。也因此，和许伟杰扯上一点瓜葛的艺人，都纷纷跳出来否认当年，力图撇清关系。

唯独乔薇，只字不提当年。她的格格不入，反倒令人好奇。

我想了想，没有直接告诉贝壳，而是用手机打开“许伟杰溺毙”的新闻，递给他。这则新闻是两个月前才爆出来的，又被压了下去，现在只搜得到零星一些片段。许伟杰是被人从香港青衣货柜码头扔下去的，蹊跷的是，死了三年，才有人匿名暗中爆料给警方。那是深水港湾，尸骨早就腐化了，凶手的作案手法极其残忍，致命伤在肋骨，许伟杰在奄奄一息之际又被人用泥浆封住喉咙，和混凝土一起丢下去。尸体被捆得严严实实，两百多斤，沉到水底便很难浮上来，显然是谋杀。

坊间早有传闻，许伟杰得罪那么多人，上世纪 90 年代黑帮十分嚣张，娱乐圈和黑帮纠缠不清，不少电影投资来自黑帮，许伟杰是中间人。后来香港扫黑，人人自危，几次内讧，帮派间消耗严重，许伟杰坐山观虎斗，料定风头已过，趁着股市崩塌，携款出逃，黑了一大笔钱逃到马来西亚，躲过一劫，后来风平浪静，转身归国，成为华侨富商，重回娱乐圈兴风作浪。至于他是不是死于黑帮谋杀，无人知晓，只是他似乎也早已料到自己的结局，提前安排好后事，身边人一早遣散，户头上也没有多少余款。

许伟杰的死亡时间正值乔薇息影前后，难怪许伟杰身份刚刚确认，乔薇就被警方找到配合调查。只是，她觉察到除了警方以外，还有一群人在紧盯着她，似乎想拿到什么东西。但许伟杰留给她的遗物，除了当时寄存在酒店里干洗的几套衣服，和商演活动剩下的一些废弃道具，就再也没有什么了。

“照片里这个人是乔薇的经纪人？”贝壳愣了一愣，“我见过他。”

我咽下口水，看着贝壳皱着眉头，起身把窗帘拉上，房间彻底暗了下来。开灯，光是暖黄色的，打在他脸上，往桌面投下影子。我认真地盯着贝壳：“他来过 PARADISO？”

“以前的常客。都叫他陈老板。”

“姓都对不上，是不是认错了。”

贝壳摇摇头：“他每次来都要一圈人围在身边陪酒，最后只带两个人走，有一次挑中我，后来知道我是从香港来的，就把我放下了。”

“Eddie 不是答应不让你出台吗？”

“我也不懂。可能陈老板比较特别吧，以前 Eddie 靠他照顾不少，彼此关系还有点密切。后来华庭会所开张，他就不怎么来我们这里了。算起来，也有好几年没见了。”

“这么说，他和华庭会所走得很近？”

“听说是有他股份，也有人说只是交情好。反正我们都不怎么喜欢他，特别难伺候。”

我松了口气，感觉事情有些眉目了，兴奋不已，想立刻分享给乔薇，却发现自己连她的联系方式都没有，我打电话给酒店前台，转 2208，却被告知，客人已经退房。

我开始焦虑起来，乔薇不会真的被那帮人带走了吧？贝壳说，现在过去，说不定还能赶上。我们两个像无头苍蝇，在闹哄哄的弄堂里六神无主。

4

摩西会堂前的那条马路湿漉漉的，路灯每天准时亮起来，积水的部分反光，像一片银滩。

还好 Jessica 这辆车有备用轮胎，贝壳和我打不上车，我们手忙脚乱地换上备用轮胎。等我们车子一开，停靠在我们楼下的那辆黑色轿车果然也动了起来。

几乎是一路堵着开过去的，走走停停，无论插进什么小道，后头都紧跟不舍，没想到快抵达华季酒店的时候，那辆车倒消失在拐角了。

我们扑了空，没有见到乔薇，倒是见到了早就坐在大堂等候我们多时的 Jessica。

Jessica 穿着一袭红色大衣，她的出场永远那么耀武扬威。所有人对她目不转睛，唯独我希望此刻她可以凭空消失，或是使个障眼法，让我俩互不相见。可惜她还是径直朝我走来，没望向我，直勾勾望向贝壳。

“没想到你和 Eddie 一样也好这口。不过也对，我怎么忘了你本来就是他从 PARADISO 带回来的……”她面露微笑，欲言又止，最后还是转向了我，故意用手指挑逗着戳了戳我的胸口，“——心腹。”

“决明哥是个好人！”贝壳每次都能用一种严肃的语气挺身而出化解掉场面的尴尬。

我只得陪笑。

“雷鸣一向好眼光，找了你帮他白手起家，才有今天的成就。”

“圈里人都知道，我这个势利眼，谁红巴结谁。”Jessica 很自然地把手指从我的胸口滑到裤裆，像是调戏一般轻轻拨弄一下，“开始我还不信 Eddie 的，没想到你还真派上了点儿用场。”

我摇摇头：“乔薇的专访做不了了，她现在人都找不到。”

“找人这种事，你不用操心，等见了面好好和她相处，该怎么来就怎么来。乔薇既然能喜欢你的专栏，就会喜欢你这人。”

“她对《雷蒙德》都眼不见心不烦，何况我的狗屁文章？”

“你还真当她有什么丹心傲骨呀？有本事嘴犟那就把腿拢紧嘛！年纪轻轻一个大美人儿，在染缸里滴水不沾？决明小朋友，你是单纯呢还是真傻？”

“你这么了解她，那就能者多劳，辛苦你出马了。”

Jessica 没有尝试反驳我，而是对我露出了一个意味深长的笑。她从包里拿出一张卡片，上面一行小字是乔薇的地址，在东海，我几年前去过那里，海水浑浊腥臭，有一片很高的芦苇地，白茫茫的。

我和贝壳想都没想，拿到地址就驱车前往。

路上，等红绿灯的当口，我意识到自己挺可笑的。这事情的来龙去脉我一无所知，Jessica 似乎对乔薇的行踪了如指掌，但她自己不去，非得让我去。我想不明白其中的利害关系，只是突然觉得自己像被人牵住线的木偶，进退两难。或许一开始就不该答应雷鸣趟这摊浑水，搞得自己如今狼狈不堪。哪怕见着了乔薇我也不知道如何开口，她会不会还像在电梯前面那样呛住我，或者根本避而不见？

贝壳安慰我："乔薇说不定只是为了保护你，才说的那些话……你看她连夜就离开酒店了，是怕拖累你吧。"

我有些抱歉："对不起，把你也卷进来了。"

贝壳眯起眼笑，摇摇头："不会啊，反正去哪儿也是去嘛。"

收音机里说，叙利亚东部城市再遭轰炸，伤亡严重；换了个频道，是上海本地天气，说晚上会有雷雨预警，让大家注意关好门窗，谨慎出行；下一则新闻是，李宗盛在演唱会上和大屏幕中的林忆莲隔空对唱《当爱已成往事》，本来还想调侃两句，但收音机里竟突然响起了这首歌，我和贝壳都沉默了。

"有生之年一定要去听一场李宗盛的演唱会啊。"20 岁的时候，贝壳趴在我们虹口大公寓的沙发上，满怀憧憬地说。那时候我们有很多"有生之年"系列，比如有生之年一定要去冰岛看一次极光，去南极喂一次企鹅，去古巴哈瓦那的小酒馆喝一杯海明威最喜欢的莫吉托。

十年过去了，愿望还一个都没能实现。有时候人就是这么奇怪的动物，给自己额外制造出那么多花样。好像没有这些遥不可及的清单，人生就没太多活下去的动力了。

快开到沪芦高速的时候，贝壳接到一个电话，PARADISO 和华庭会所两拨人打起来，Eddie 受伤进了医院。

贝壳握着手机很焦虑，他看向我，没等他开口，我就调头开往医院。

“乔薇那边怎么办？”

“严重吗？”我没有回答他。

贝壳摇摇头，说现场一片混乱，还不清楚情况。

车子调转方向盘的瞬间我竟松了口气。路上，贝壳忐忑不安。Eddie 对我而言，是拔刀相助的路人，但对贝壳，却是极重要的恩人。

贝壳其实不是彻底的香港人，他的童年一直活在阴影之中。1979 年的时候，贝壳的父亲抢着最后一波抵垒政策*，从蛇口游过深圳湾抵达新界元朗，逃到了香港本以为可以顺利拿到香港身份，但蛇头吃了他一道，他被迫沦为黑工，被卖给管辖地产的帮会做建筑工人，几年后逃到九龙给人做帮厨，娶了早几年过来的佛山女，才正式落户。贝壳的童年是帮父亲推车卖 Q 蛋仔长大的，他小时候被人叫鸡蛋仔，后来经常被人打，所以叫蛋壳，再后来，因为父亲赌钱老是输，脾气都发在他身上，嫌他一靠近台桌运气就特别背，哪里是什么蛋壳，分明是“背”壳，于是贝壳的名字就这么给人叫下来了。

---

* 1974年11月至1980年10月，港英政府针对中国内地非法入境者实施的难民政策。——编者注

贝壳不喜欢香港，他住的地方又窄又小，黑乎乎又潮湿，连厨房和卫生间都要和别人共用。他小时候口齿不清，讲粤语讲不流利，被人笑是大陆仔，他母亲就打他，用藤条把他身上打得青一道紫一道，骂他不争气，读书也读不好。

贝壳十几岁就离家出走了，去做人家的跟班，不知天高地厚，和一群乳臭未干的小混混去收保护费，不知道是善良还是天真，别人让他善后他就真的站在那里一动不动，差点儿被人打死在街上。后来是怎么认识了 Jeffrey，又是怎么去了曼谷，不得而知。

后面的故事我唯一知道的，就是 Eddie 漂洋过海把他带回上海，贝壳死死抱住 Eddie 不放，说自己总算活了过来。

贝壳没来得及问 Eddie 在哪个医院，但我们想也不用想，就往仁济医院开。Eddie 对此过分偏执，仁济医院是上海开埠以后建的第一所西医院，他不信教，但偏偏大病小病从来都只去这家和教会沾点边的医院，也不知道能从中获得什么安慰。

贝壳不喜欢医院，我不知道这是一种本能的抗拒，还是内心有阴影。从前那么多次生病，哪怕再难受，他也坚决不进医院，但这次，我们到了医院门口，他没有犹豫，径直往里走。

病房走廊前站满了 PARADISO 的人，大家鼻青脸肿，衣服都没来得及换——皮短裤，破洞上衣，紧身背心……经过的人不是回头观望，就是避而远之。我和贝壳穿过人群找到 Eddie，他还在输液，没什么大碍，就是脑袋不小心磕了一下，差点昏过去，现在人是清醒的，就是有气无力。

贝壳半跪在 Eddie 身边，握着他的手，差点要哭出来了。

Eddie 笑着说 :“哭什么，我又不是马上进棺材了。”

“华庭会所那帮人，真是太不讲理了，逼急了我去跟他们拼命！”贝壳嘟着嘴，一肚子怨气，恨不得立马冲出去。

“你还是别给我添麻烦了，你能把自己保护好，我就够安心的了。”Eddie 伸手拍了拍贝壳肩膀。

“华庭背后到底是什么人？”我忍不住问了一句。

Eddie 迟疑了一下，没有回答。

我紧接着追问 :“和许伟杰有关？”

这下 Eddie 愣住了，反倒问起我是怎么知道这个人的。等我把前因后果都讲给 Eddie 听后，他大为震惊，劝我不要再继续跟进，趁现在一无所知，离这事越远越好。我说生死有命，现在想不知道也难了，知道越少，反倒越让我不安。

几个回合试探下来，Eddie 不为所动，我只好旁敲侧击。

“那以后 PARADISO 要并入华庭会所喽？”贝壳惊讶地看向我，我赶紧解释，“刚刚经过走廊的时候听他们都在议论。”

“都是捕风捉影的事。”Eddie 勉强笑着。

“Eddie 爸爸，PARADISO 真的会关掉吗？”

贝壳望着 Eddie，颓丧着脸。

“傻孩子，就算不是现在，也总会在某一天结束的啊。”

“不！”贝壳怄气，脸都涨红了。

我让贝壳先出去透透气，和 Eddie 有话单独说。

“你啊你，都已经厉害到拿话套我了。他们怎么可能知道 PARADISO 和华庭的事？”Eddie 最终还是拗不住我的坚持，拿出手机给我看了几张照片。

“陈启龙在马来西亚收了一间茶楼，华兴酒家，这是开业那天的留影，这个，是他在泰国的建筑公司，华英集团，还有这个，运输公司，华成……”

我盯着这几张照片，惊讶道：“这陈启龙和许伟杰是同一个人？”

Eddie 笑了笑：“当年下南洋的，哪个人没几个身份，身上没背几个案底？”

“他也算家大业大了，开了这么多公司。”

Eddie 摇摇头，不肯明说。

“既是流氓，就早该料到只有流氓的命。”

“难怪，原来就只是个门面。”我深吸一口气，“但他也死得太蹊跷了吧？”

Eddie 欲言又止。

我追问：“往返‘南洋’这么多年，你一定和这个人打过照面吧？”

他若有所思地摇摇头：“这事到此为止，以后你也别再问了。”

“现在所有人都把线索放到乔薇身上，难道她真知道些什么？”

“一盘棋，总得有人陪你下下去啊。黑子白子，终了也不过都是棋子。”

再往下，Eddie 便不愿多说了。但与他的这番谈话，算是解答了我心中许多疑惑。

多事之秋，我和贝壳赶在大雨前回到家中。几道闪电从外白渡桥劈下来，照明整个夜空。和天气预报播报的一样，狂风呼啸。贝壳洗了澡，从浴室出来，瘦得让人心疼。他披着毯子躺在沙发上翻来覆去，却坚持让我睡床。我拿报纸堵住窗口的漏缝，但整个屋子还是冷得让人直哆嗦。

贝壳说，他小时候最怕下雨天了，台风来之前，全家人都爬到屋顶上，把棚顶加固，家里又是停电又是漏水，黑乎乎湿漉漉的。下雨天唯一的好处就是不用出工，谁会大雨天地跑来买Q蛋仔啊；可要是雨一连下几天的话，他们又得着急了，不开工，拿什么吃饭？贝壳说自己慌里慌张就长到了16岁，还没学会分清是非，就已经学会了爱人。

“冬天应该在曼谷过才有意思啊。曼谷的冬天可不下雨，也没有那么响的雷。要是养一只猫或者狗，就不会觉得孤独了。”贝壳捧着一杯热水暖手，不自觉地蹭到我的床边。

“别指望还像从前一样，让你钻进来占我便宜啊。”

贝壳就知道傻笑，他永远就像个弟弟一样，想听我说点什么，又忍不住自己说了一大通。他好像很喜欢曼谷，每次提起曼谷，就流露出一种特别的怀念之情。

“比上海还要无拘无束？”

“虽然也有不少华人啦，但那是一个完全陌生的地方，不怕别人认出我来，反而比较自在。”

贝壳说，他晚上才去席隆大街工作，后半夜收工，天亮开始睡，睡得不深，没到中午就醒了。同伴们都喜欢玩牌，赌得很凶，经常吵架，所以他离得远远的，无所事事的时候就去看大佛。

“那些佛像一个个都在笑，眉毛弯弯，嘴巴微张，通身却又金碧辉煌，仔细看，竟然每个都长得不一样，而且寺庙一个连着一个，看都看不腻的。

“你知道吗，他们都说四面佛最灵，每天排队参拜的人络绎不绝，我本来也想许愿，但当我走近的时候，又觉得自己其实没什么愿望要许，平凡，快乐，我都有了，再多奢求，就怕适得其反。但为什么，最后还是这样呢?

“他们都说，爱情在最开始的时候已经到达顶峰了，接下去无论如何都在走下坡路。我觉得不对，两个人，在一起越久，分开的时候越疼。

“决明哥你知道吗，我特别特别害怕 Eddie 哪一天突然不在了，虽然这么多年我其实没怎么和他单独说过话，但我总觉得他什么都知道，他真的就像我爸爸一样，他看着我，我就有力量走下去……”

贝壳后来睡着了，就算在梦里他也紧绷着，不敢靠近我，整个人就在床的边缘睡，扯着被子把自己包裹起来，像一颗厚厚的茧。我知道，所有的茧都一样脆弱，一旦被剥开，就会死去。

5

我最后决定独自去找乔薇。天亮的时候，意外晴朗，阳光洒在贝壳的脸颊，触角温热，爬在皮肤上，像一只伺机而动的透明水母。我给贝壳留了纸条，让他在这里等我回来；如果我没回来，就去找 Eddie。

见乔薇没有看上去那么“视死如归”。赶上早高峰，路程比我预计的还要漫长，差不多快中午我才到那里。

又是一个废弃工厂改造的艺术区，方方正正的建筑，离码头和灯塔很近，蓝色的集装箱堆叠在一起，海水是灰色的，白色的塔身也因风吹日晒而褪了色。

大门没锁，我轻易就推开了。客厅一片狼藉，几幅柴姆 · 苏丁的肖像画仿作互相堆叠，房间是蒸汽朋克和中世纪混搭风，吊扇被一条锁链拴着摇摇欲坠，下面四仰八叉躺着一群人，酒瓶子散落一地，红酒倾倒在地毯上，那场面像极了《天鹅绒金矿》里的那场末日趴。我在人群中看到了乔薇，她还是穿着那条蚕丝长袍，像根柳枝一样靠在一个男人的胸口沉睡着。我没有惊扰他们，而是轻轻掩上门，把车停在空地中，走到岸堤上。

回过头去看，才发现开过来的公路大桥像条蛟龙一样跨在海上，曲折幽长。没有礁石，也没有沙滩，倒是有不少工业废料。风吹过来，比市区冷得多，差不多到下午的时候，开始有人半睡半醒地出来撒尿，顺便给我递根烟，寒暄两句。里头的人逐渐醒来，准备开始下午的茶叙。

乔薇换了条裙子，头发扎起来，多了点烟火气。我走进去找她时，她有些意外。旁边的男人率先开了口，问乔薇："你朋友？"

"不怎么熟的朋友。"她倒是不客气。

"郑亚仁，薇薇男朋友。"他还算有礼貌地率先和我打了招呼。

"决明，是……"

"是个作家。"乔薇挽住郑亚仁的胳膊，显得小鸟依人。第一次被人介绍成作家，我倒是有些害羞。

"哦，那正好，下午我们一块儿聊聊，我拍纪录片，向你取取经。"他随手从茶几上拿了杯喝了一半的酒漱了漱口，"我先洗个澡，你们聊。"

我记得这个名字。他们给我的资料里提到过，郑亚仁，加拿大华裔，祖籍中国台湾，据传父亲郑宏从纽约唐人街白手起家，一路做到大圈帮头目，后来金盆洗手转投实业。亚仁是小儿子，不爱做生意，岁就独自回了中国，后来一直往返中加两地，为人低调，是玩世不恭的那种，纪录片拿过几个小奖，是乔薇很多年前交的男朋友，那会儿乔薇刚出道，他是她唯一传过绯闻的男友，后来郑亚仁回温哥华，两人就分道扬镳了，没想到这会儿又在一起了。

乔薇坐在沙发上，那盒 Caster 已经空了，她正到处找烟，我顺手递给她。

“有备而来啊这回，学聪明了。”她火机打了几下没点燃，我划了根火柴。

“酒店怎么不待了？找了你一晚上。”

“有事吗？”她没有抬头，烟灰轻轻敲落在酒杯里，“采访我好像没答应吧？”

她特地用疑问句，像是给足了我台阶下，却也让我无以作答。

“只是担心你，来看看。”

“我在这儿很安全。”

“看得出来，你倒还挺会挑人。”

“你也不错——能让 Jessica 看中的人，应该不简单吧？但不好意思又让你扑空了，千里迢迢来这一趟。”

“你们认识？”

“她就差满大街张贴寻人启事了吧？掘地三尺也不放过我。”乔薇将下巴抬起，鼻尖正对着我，“说吧，你们到底想干吗？”

“还是那句话，《雷蒙德》最后一期想做你的专访……”

乔薇笑了笑：“你还挺执着的，别人冲我来，都是别有所求。只有你，目的会不会太纯粹了点儿？”

“说真的，雷鸣执意要做你专访我能理解，但是 Jessica 出于什么目的，我还真不知道。”我犹豫了下，“至于我，本来就是误打误撞出现在这里，当我知道许伟杰和陈启龙是同一个人的时候，我想过要问你什么的，但回过头一想，这又和我有什么关系呢？现在看你这样过得挺好，我也没什么好担心的了，也不需要再多此一举了。”

“陈启龙？”乔薇把烟掐灭，喉咙一紧，刚想追问我，见郑亚仁洗完澡过来，立马打住，让我别说话。

“对了，决明，我刚刚想到一件事，我之前看日本和韩国的纪录片，他们拍海女特别有意思。”郑亚仁擦着头发走到沙发边，“你说，我们中国是不是也有这样一类人？”

“海女？要说只身潜入海底捕捞的海女我估计没有，但福建的惠安女、湄洲女、蟳埔女倒是和海女类似，都是靠海为生。”

“蟳埔女？”亚仁两眼放光，“有意思，这几个字怎么写呀？你能给我好好说说这都是什么吗？我回国时间不长，还不太清楚。”

“但是要拍纪录片的话，这些应该有很多人已经拍过了，你不如拍拍疍民，就是一个一直在水上生活的族群，最早叫‘游艇子’，《三山志》有记载的，又叫‘白水仙’……”

“拍过了？……那就算了。”

“你专栏写过吧，疍民，生活在闽南一带？”乔薇转过脸看了看我。

我有些惊讶：“你看过？我还以为你会……”

“阅后即焚？又不是什么武功秘籍。”

“唉唉唉，决明，你还会武功？那你会不会打麻将啊，我最近刚学会的，你来陪练啊，听说高手过招，台面上都是不动声色的。”郑亚仁像个大男孩似的，逮着什么都来劲，“李安的《色戒》你有没有看过啊，打的是上海麻将吧，汤唯演的王佳芝真漂亮，张爱玲那个小说里头，什么‘到女人心里的路通过阴道’，写得太有意思了。”

他说完又忍不住看了乔薇一眼，赶紧搂住她：“不过汤唯当然没有我们乔薇漂亮。”

乔薇看了我一眼，笑了笑。我尴尬地点头。

郑亚仁完全是个意外，打乱了我一整天的计划，非但没有和乔薇聊出点什么，反而还莫名其妙把自己困在了这里——他邀请我在这里小住，美其名曰陪他激发创作火花，实则每天在麻将桌上闲聊。

他是那种一张嘴就停不下来的人，想到什么说什么，一切事物对他来说都新鲜有趣。我好奇他们为什么要挑这个地方，郑亚仁说，在中国，艺术家不是都扎堆废弃工厂吗，正好码头附近整块地很早就被他们家拿下了，他也就顺手买了这个厂子。装潢什么的，完全是按照乔薇的喜好来的。

“是从前。”乔薇纠正道，转过脸对我微笑着，“现在已经完全没有兴趣了。”

“女人啊就是善变……不过没关系，你现在喜欢什么样的，我们大刀阔斧地改就是了，大不了拆了重建。”

看得出来，郑亚仁对乔薇还是挺大方的，只是，我不知道像他这样的人，爱一个人的热情能持续多久。事实上，乔薇对郑亚仁是怎样的感情，也令我捉摸不透。我没办法想象她爱一个人时的状态和表现，她天生就一张拒人千里的脸，不是圆滑的鹅蛋形，而是棱角分明的方形轮廓，五官也细细长长，既古典，又现代，像是欧洲人会喜欢的那种东方长相，难怪给人一种恍如隔世的错觉。

乔薇说，她母亲和她长得一样，只是比她看着要柔软，一哭一笑都会让男人心疼，但那种心疼却是短暂的，所有的爱一旦被占有，最终都会消失殆尽。道理虽懂，但她就是没办法控制自己，每次都飞蛾扑火一样硬生生撞上去，可惜每次都撞上别人的余烬，自己粉身碎骨。

"我妈也是那种人，不过我妈一生就只为一个男人焚心以火。我爸和别的女人跑了，我妈居然带着我跋山涉水，誓死也要追回来。我从小到大就一直在各处辗转，没有落脚之地。你说，这爱情多折磨人，有的人说放下就放下，有的人却一辈子都戴着枷锁。"

我望向她，不知不觉说了些自己早就想忘掉的陈年旧事。她或许根本就没打算关心一个只有过几面之缘的人吧，更别说跟我这样一个陌生人谈论什么是爱情。

海浪停顿的间隙，是我俩沉沉的呼吸声。

好在耳边有呼呼作响的风声，让这段沉默不至于太过安静。

恨不得找个洞钻进去的时候，闷头吞下一大口酒最痛快。醉过即忘。但偏偏今天手边没有酒。于是我拼命闭上眼，希望晚风足以令人沉醉。

"没带酒啊，那我们来敬根烟。"我和她对视的瞬间，她觉察到了我的不安，率先开了口。她把嘴里那根刚点燃的塞给我，自己又燃了一根，和我的烟轻轻碰了一下，她笑得很爽朗，海水涨潮，把泥沙地覆盖住。

我们俩靠在海岸公路的护栏上，月亮挨着雾气压得低低的，她抽烟，发呆，放下警惕。两颗晃荡的心，像两朵被揉搓的纸团，慢慢被铺展开。但那些褶皱与折痕，袒露无疑，难以复原。

"我妈叫乔雅，现在应该没人知道，她上世纪 80 年代就已经是国内很早一批时装模特了，那时候只能在外宾酒店里偶尔走台。许先生带她去香港发展，她去无线台，从给人伴舞做起，到慢慢有机会演戏，虽然都是配角，但被夸有天分，后来不知道什么原因没继续待下去，生了我，和许先生断了联系，直到死，也没有和许先生再见过。这些都是许先生告诉我的，他来上海找我，仅仅因为一张照片。威海路 696 号，就是那天我们躲雨的地方，当时正好有一个朋友的摄影展，许先生只是碰碰运气，没想到还真见到了我。他说我和我妈长得一样，又说我会是他的翻身之作。但现在他人都没了，翻不翻身也没什么意义了。"

乔微笑了笑，从手机里翻出两张照片，一张是她那时的照片，一张是母亲乔雅，她问我："真的很像吗？"

"一模一样啊。都是美人胚子。"我放大她母亲的照片仔细端详，"阿姨当年还上过挂历啊，那真是不得了，岂不是全国人民都挂在家里欣赏。"

是 90 年代的那种挂历女郎，穿着一袭长裙，站在维多利亚港前面，明艳动人。

“陈年旧事了，现在谁还记得她呀。家里也没几张她的照片了，就这张，还是我从一个叔叔手里抢过来的。”她打趣道，“别说她了，短短几年，也没多少人记得我了吧。”

“不会觉得可惜吗？我是说，有这么多人喜欢你，像雷鸣那样的，一直以来都非你不可。没了许伟杰，就不能另找别人帮你打理工作吗，非得销声匿迹？”

“外面的人是不是夸我有天分？其实拍戏的时候我从来没有任何感觉，我一点也不享受被一大群人围着的感觉。所有一切都是许先生在管，他让我干什么我就干什么，离开了片场，我从来都是自己一个人，就和你那天看到的我没什么两样。”

“但我觉得你和亚仁相处得很融洽啊，这里来来往往这么多人，你不也乐在其中吗？”

“你说得对，我是乐在其中，不然要整天哭丧着脸吗？”乔薇抽烟抽得凶，没一会儿，烟盒就空了，“不过其实我对亚仁倒也没那么多想法，当初许先生介绍我和他在一起我就照办，让我们分开，我也二话没说。”

“那现在呢？你不会说许先生给你遗言或者托梦让你们复合吧？”

“那倒不至于。只是亚仁正好在国内，他托人找到了我，本来只是说见个面叙叙旧的……”

“聊着聊着旧情复燃喽？”

“也算不上什么旧情。”乔薇看了我一眼，“这段就说给你听，别写进去。”

我愣了一愣，她接着说：“我也没打算难为你，但一想到这些事情会被登出来，我就浑身不自在。”

“与其让别人在外头胡编乱造，还不如你自己多说几句。”

“真真假假，早就含混不清了。有时候连我也不知道什么是真什么是假，还管什么外人。”

“你是聪明人，可你总是自欺欺人。我不知道许伟杰为什么让你和亚仁在一起，又让你们分开，但我觉得这不仅仅是他的决定吧。”

乔薇摇摇头：“他所有的安排我从来都不会过问。”

“你当初签给他，就因为他那番话？”

“那会儿我缺钱，殡仪馆三天两头给我打电话，说再不续费，我妈的骨灰坛就要给别人腾地方了，许伟杰能给我一笔钱买块墓地。”乔薇吐了口烟，笑了笑，“你说，这些人怎么这么有意思，就好像欠费会停机一样，人死了，连个窝也没有，最后还要变成空号。我妈漂泊了一辈子，到死，才有一块属于她的地。我也不知道是不是留着个号码会好一点，永远能打通，却永远没有回音。”

“到现在这么多年，你都没有给自己买个房子吗？为什么一直住酒店？”

“说真的，我也不知道是不是习惯了。小时候跟着我妈，每隔几年就要换一个地方，她把男人带回我们的临时住所，让我叫别人爸爸。没隔多久，我就要换一个爸爸，到现在，我都记不清我到底有多少个爸爸。我讨厌家这个字眼，讨厌和任何人虚伪地建立任何一种恒定的关系。

反倒是酒店，让我最自在，我知道我不需要向一个不属于自己的房间付出感情，所以离开的时候也不会有任何负担。”

乔薇递给我的那根烟，我只吸了一小口便呛住了，它现在慢慢燃到烟屁股，最后一点火光被风一吹而散。

“但你却相信了许伟杰，或者说，陈启龙，你知道他是怎样的人吗？”

“我不关心，没有人是为过去而活的，所以他叫陈启龙也好，许伟杰也罢，他能给我我想要的，我能给他他想要的，人不都是这样吗？要么互相利用，要么互相伤害……干吗非得算这么明白？”她停顿了一下，但很快又坚定了自己的想法。

“亚仁能给你什么？”

“安全。”她认真地看着我，“我也不知道为什么会和你坦白这么多，许先生突然消失、生死不明的那段时间，我整个人是懵住的，我想，哦，解脱了挺好，但很快就陷入一种巨大的空虚。从前我觉得我和我妈是不一样的两种人，她天生就是喜欢聚光灯的，而我只想躲在阴影里。直到后来知道许先生真的死了，我才发现，我们这些人其实都一样，心比天高，命比纸薄——以为自己是夜空中绚烂的烟火，其实不过是惊弓前那声惨淡的哀鸣。所以不论是临死前随手抓住的最后一根救命稻草，还是步步为营早就设计好的机关阵仗，结果都一样，改变不了什么。”

“我只是觉得，有些事是有回转余地的，不一定非得硬碰硬。”

“那天你来找我之前，就已经有两拨人盯在我身后了，你来了之后，又多了一拨人。我知道，他的死，肯定比我能想象的还要复杂得多，但我又能做什么呢？我只想安安静静过日子。”乔薇看着我，“如果你真的想帮我什么，不该回头的时候，就要抓紧往前走，总能停靠在一个对的码头。”

那天晚上终于刮起了台风，延迟了24小时。我没有在傍晚时分看出一点征兆，从前，台风过境时的夕阳总会伴着火烧云，这天的夕阳却平淡得让人打不起精神。

没多一会儿，水就涨起来了，灯塔的光直通天际。我们坐在厂房那还算坚固的落地窗前，看着暴雨的袭击。郑亚仁有些不悦，他觉得自己明天的出海一准泡汤了——他为此期待了一星期——舟山秋汛末尾，有难得一遇的大马鲛回溯。还好这时，不知有谁提议玩德州扑克，他才来了兴致，一溜烟钻进楼上刚改造好的棋牌室。

乔薇盘腿坐在客厅地毯上，喝了一杯热姜茶，头仰靠着沙发，深呼吸，似乎在努力调整一个舒服的姿势。我远远看着她，没有走近，悄然回了客房。

贝壳发短信来询问我情况，我长长地松了口气，回他：“初战告捷。”他立刻又说，今天在离弄堂两条马路远的路口找到了一家菜市场，可以买到新鲜的食材。他在学着煲汤，他母亲有佛山人天生会煲汤的好本领，他觉得自己身上也有遗传基因，要向我证明，催我快回去。

未来几天恐怕都有雨，我打算天放晴了就开车返回。电脑没带出来，只好先把提纲都抄在纸上，问题一条一条地填进去。雨声湮没所有，我却异常平静。手机里的歌单从A挑到Z，也没有能让我提得起兴趣的。

台风离境的那个白天，我用房间里的传真机将专访初稿传给了雷鸣。他总是这样，没来得及看，就先猛夸我一顿，也不知道是觉得我比较脆弱，要维护我的自尊心，还是他对所有人都这么不吝溢美之词。总之他的话对我而言，得先打个折扣，再辨别真伪。

这几天几乎没见到乔薇和亚仁，外头风雨交加，活动范围自然就是这片改建的厂区，但不论是正餐还是茶叙，客厅还是棋牌区，都不见他们的踪影。一问才知，台风都拦不住亚仁，他请了两个海员，带他们直击台风眼去了。不知道他从哪里听说台风过境时会让海底的营养物质上翻，作为鱼饵吸引鱼群，便拉着乔薇和他一起顶着台风暴雨开游艇出海，惊险程度可想而知。好在虽然船体受损，人还是在前一天深夜安全返航了，并且带回一条近百斤重的巨型毛鳍鱼，这让他尤其兴奋，人正在卧室里睡着，却已早早吩咐厨师做一席海天盛筵，让我们这些宾客都务必留下来用晚膳，一品他出生入死的成果。

对这些我向来就没有什么兴趣，和亚仁的交情又不过尔尔，便想留下一张纸条就先行离去，未料，出门的时候撞见了在岸堤抽烟的乔薇。

她显然是憔悴了，但眼窝深邃，轮廓依旧迷人。她轻轻挥手和我打了招呼，我走近，却见她胳膊脖子都有淤青。

“台风天出海，命都不要了？”

我和她一起站在海岸边，她倒是一副坦然自若的神情。

“反正也活着回来了。怎么，你要走，回去交差？”

“小小杂志等着救命啊，这次欠你人情，说吧，要怎么还？”

她冷冷笑了一下，吐烟圈玩，没理我。

“稿子需要你这边再看一遍吗？觉得哪些需要删改的，出片前都能动。”

“不用，你定就行。”

我点点头，想顺水推舟问她杂志出来后有什么打算，是不是要重回演艺圈。但话到嘴边还没能问出口，就有人急急忙忙来找乔薇，让她过去救场。

接下来看到的画面大大出乎我的意料。

收拾好没两天的客厅又陷入一片狼藉，椅子踢倒，茶几折角，玻璃渣子碎一地，而这中间，是穿着睡衣暴怒不止的郑亚仁，起因是他平时用的打火机找不到了，他躁郁症发作，脚踩在碎玻璃上，暴躁地捶打着皮沙发，非得找出来不可。全屋子上上下下，所有人都在帮他找那个打火机。他严重的暴力倾向在这个时候显露无遗，对试图靠近他的人拳打脚踢，甚至隔着老远，碍着他翻找打火机的，他也会毫不留情地直接拎起咖啡杯往人脑门上砸过去。

所有人都站在一旁不敢接近，很自然就腾出了一个圈。我进去的时候，刚好看到乔薇在靠近。她拿出一只打火机，递上去，轻声说：“先用这个顶一下，找到就换回来，大家都看着。”

郑亚仁看了一眼，突然猛地掐住乔薇的手腕，狠狠地把整个手臂拧过来，乔薇没站稳，差点就跌倒在地。狰狞的郑亚仁把全身的暴怒之气全发泄在了这里，像失控的猛虎从麋鹿身上活生生叼起一块肉，站在门口，都能听到乔薇关节错位的声音。这才有人要上前解围，但乔薇伸手拦住了，她继续对郑亚仁说："这里靠海，烟拿出来放久了，是要受潮的。"从始至终，淡定非常。

几经波折，直到那支烟被点燃，郑亚仁暴凸的眼球和青筋才渐渐平静下去。他看着燃起的烟气发起了呆，又像变了个人似的，赫然看到乔薇身上的淤青，就心疼得暴跳如雷："薇薇对不起，刚刚是我吗？我真的控制不住自己……"

他那副表情又懊恼又急切，微张着嘴，像口舌干燥的孩童急切地求母亲的乳水，他抱着乔薇，嘴里喋喋不休。

司空见惯的旁观人说，还好有乔薇在，郑亚仁才得以恢复如常，否则这一屋子的东西都要摔得粉碎。看着亚仁怀里的乔薇，在水晶吊灯的照耀下，我才发现，她不止手臂，连同脖颈、背部，都有深深浅浅的瘀伤。

处理完这一团乱麻后，她来送我。步行，取车，经过漫长的小道，建筑废墟后面长着高高的芦苇，台风天没有被拔走，反而在一片雾气中绿得醒目。我们一路沉默，脚踩着松软的泥土。马上要走的时候，我还是忍不住问她了："这就是你要的……安全吗？"

乔薇依旧淡然地回以我微笑，然后打开掌心递给我一枚徽章："上次你在酒店见我时落下的，那套布里奥尼西装，该找人好好熨一下了。"

我掐住她的手腕，生气懊恼："如果连这样的男人都值得你拿命去搏，我真的觉得我之前高看你了。"

我恶狠狠地说出这句话，说完之后，却更加难过了。

我不知道这难过究竟来自，面对乔薇时我没有克制住的气急败坏，还是站在郑亚仁面前我内心那种难以言说的抵触和自卑。

6

我好像天生对爱情就有点迟钝。30 岁一次恋爱也没谈过的男人，这个世界上都已经快要绝种了吧。

别人看我的眼神，我不用问，大概也能猜测出他们究竟想什么——

不是性无能，或者毫无人格魅力，就该是同性恋了吧。

可这一点也不让我觉得羞耻，更多是无动于衷，甚至有些庆幸。我也想知道自己是怎么了，到底哪里出了问题。于是我照着心理学书籍上的指导试了又试，可每次当我努力在脑海里回想起自己记忆中的女性角色时，总觉得交织的神经网被什么东西缠绕住。母亲那张脸一出现，就像是电流负荷过大，造成短路的错觉。一片混沌的梦魇。

十几年前，我和她最后停留的城市是南京，我骗她说，你往北，我往南，我们分头找，这样快一些。其实挺可笑的，我连父亲长什么样早都忘了，怎么找？但我实在受够她这样走火入魔了。小时候我上学，考试到一半，她会突然到学校来找我，听到一点儿风吹草动，就非得把我带走，连夜坐大巴去到乡下，把整个村子翻遍，像上门追债一样，结果却总是一无所获。

她给我洗过一张父亲的照片，但我在火车上弄丢了，即使没弄丢，我想我也不会真的去找。人海茫茫，去哪里找一个躲你的人，何况又是因情所困。这个世界上最无解的事情就是人的感情了吧，有千百种人，就有千百种纠缠。反正我是不愿让自己陷入这种境地中去的，最好的方式不是斩草除根，而是从源头制止，不要发生。

除了母亲，曾经还有一个看不清的身影，也总是时不时在我脑海深处出现。那个身影像是雪夜里一个纠缠的轮廓，巨大而涣散。弗洛伊德说那是内心恐惧的镜像。后来我尝试在心里下一场大雪，把她覆盖得死死的，没有任何喘息的空间。反复如此，我才让自己睡得安稳。

很长一段时间，我以为那个轮廓早就被大雪淹没了。但在我遇见乔薇之后，那些片段又开始侵扰我的梦境。乔薇像是一张符咒，贴在我的额头上，让人节节溃败。

是因为动情了吗？但我始终没有任何感觉。

我唯一能说服自己的理由，大概就是，既然这世界上有那种为爱痴狂的瘾者，也需要我这种无爱人士，为狂热平添一丝单调乏味吧。或许也不是什么坏事。

乔薇还给我的那枚徽章，放在灯下仔细看，也并没有什么特别的。

那天穿上衣服的时候没太注意它，似乎是别在胸口。不知道乔薇在公车上一眼认出我，是不是因为这枚徽章？

贝壳昏昏沉沉中，突然从我手中把它抢了过去，打趣道："定情信物吗？"

我摇摇头："总觉得很熟，但又想不起在哪儿见过。"

"你看上面应该是英文BK的变体花纹……是什么意思？一个马术俱乐部？还是免费畅饮啤酒会员？我不喜欢啤酒……但是香槟我喜欢……甜甜的……"贝壳怀里抱着空酒瓶，靠在我身上，胡言乱语，"爱情就像一场宿醉，先醒的人最痛快，后醒的人宁可永远不要醒来……"

我掰开贝壳的手掌，把徽章拿回来。

贝壳打了嗝就沉沉地倒在我肩上，酒瓶也拿不稳了，哐当落在地上，迷迷糊糊，半睡半醒间从我大衣口袋里摸出一盒烟，又精神起来。

"决明哥，你什么时候也开始抽烟啦……GITANES……这么特别？"

"那天本来要带给乔薇的，后来忘了给。"

"我可以抽一根吗？"我还没回答，贝壳就自顾自地拆开了烟盒，把烟叼在嘴里，"用烟来醒酒最好了。身体轻飘飘的，像气球一样，攒够了气一下子吐出来，身体就空荡荡的。"

他这副样子，好像是开心的，努力让自己保持兴奋，但更像悲伤过度。

“你知道以前 Jeffrey 怎么教我抽烟吗，那时候我才 15 岁，他说你去要债，没有文身和伤疤，嘴里不叼烟，别人是不会正眼瞧你的。但我太孬了，怕文身被妈妈骂，也不敢拿刀子划自己留疤，只敢假装抽烟。”

贝壳学着那时候抽烟的模样，把烟小心翼翼地点燃，夹在手指中间，眼睛盯着烟蒂，生怕燃不起，可注意力太集中，一下子就忘了自己，把烟吸到喉咙里，咕噜一下，全呛住了。他哈哈大笑，说其实 Jeffrey 也是打肿脸充胖子。当初他们跑去油麻地想拜码头，结果人家上来就说你先砍十条手臂过来，Jeffrey 一口答应。

“我们就坐在人家理发店门口发呆，手里拿着一把折叠军刀，唬唬小孩子的家伙嘛，哪里动得了真格？一坐一整天，等晚上人家鸡婆店开始接客了，赶我们走。Jeffrey 非学人家做亡命徒，在气头上就把一个姐姐的手臂划伤了，后来遭人教训说，连规矩都不懂，哪能在大佬地盘抢鸡婆的？我陪他挨了一顿打，我们俩鼻青脸肿，还偏偏铆足力气走到天星码头去看维港，像跟谁较劲似的，站在璀璨灯火前，自己被照得又委屈又渺小。我从没后悔跟了 Jeffrey，他再怎么嫌弃我、训斥我、说我窝囊，我也觉得那只是因为他舍不得我，他用羞辱我来占有我。他可以在外面狂在外面野，这些我都不在乎，我知道他最后还是会回来的，他一定会回来的，是不是？”

我怕贝壳又说得自己号啕大哭，替他点了支烟。他努力忍住难过，抱着我，迷糊之中朝我的肩膀狠狠咬下一口。他说过，自己以前抱着 Jeffrey 睡，怕人半夜找上门寻仇，在梦中惊醒，每次醒来都要咬着 Jeffrey 恢复镇定，Jeffrey 身上大大小小的伤痕，都是他咬出来的。

“我今天见到 Eddie，我问他，当初明知道我这样，为什么还要带我回来。他说，人总得试试才知道自己走不走得出来，一直站在原地，就会丧失活下去的勇气。”贝壳眯起眼笑了，望着我，暖黄色的光照着他的脸庞，一半是亮的，一半是阴影。

我不知道此刻的贝壳究竟是醉到深处人清醒，还是其实他从来都没有醉过。对着一堆空酒瓶，他终于絮絮叨叨说出了自己和 Jeffrey 的故事。

哪有爱情像曼谷这座城市一样，永远都活在炽热的夏天。贝壳却以为这个世界上会有这样的恋人，无惧时间，不会变质坏掉，像惰性气体，一旦开始适应，就不会轻易换掉——重新来过是件多麻烦的事情啊，新欢旧爱，疲惫倦怠。如果彼此在一开始就交付了所有的真心，中间有人半途走掉，另一个是该停下，还是头也不回地离开？贝壳一定是站在原地一动不动的那个人。

来曼谷第三年，Jeffrey 终于和贝壳提分手了。贝壳很早就知道，Jeffrey 在外面动手动脚，贝壳夜里在席隆大街工作的时候，Jeffrey 三天两头就把人带回家，甚至白天贝壳休息时，Jeffrey 也拿着贝壳挣的钱在外面快活。但贝壳从来不去点破，也觉得有些东西只是路过，而他在终点站，列车无论如何都会开往这个方向。可他想错了，人在每个站点都可以离开，也可能永远不会回来。那天夜里 Jeffrey 抱着贝壳边哭边道歉，看似请求贝壳原谅，直到最后，他抱着贝壳说，再给他一万泰铢，他立马和别人消失。

贝壳连挽回的余地都没有，顶着重重的黑眼圈，一个人走过天桥，去商场的取款机给 Jeffrey 取钱，面无表情地完成和 Jeffrey 的告别。那天以后贝壳发了一场高烧，一个人躺在破旧的公寓里，盯着天花板——越来越低，越来越沉，快要压得他喘不过气。他潜意识里并不觉得这一次是永别，他还计算着按照 Jeffrey 的花法，多久会把钱花完，然后再心甘情愿地回来，念起他的好，两个人复合。

他觉得 Jeffrey 会明白的，他怎么会不明白呢？在香港的时候，Jeffrey 饿得犯胃病，贝壳爬到别人家阳台去偷仙人掌开出的花，晒干了煮成药汤一口口喂他喝；Jeffrey 和人打架，一脑袋都是血，贝壳背着他去内地人开的地下诊所，一道纱布一道纱布帮他包扎；Jeffrey 到建筑工地里偷钢筋被抓，差点被扭送看守所，是贝壳跑去借高利贷把他赎回来……贝壳不怕 Jeffrey 闯祸，他就怕 Jeffrey 离开。

可 Jeffrey 最后还是没有留下来。分手没过多久，就传来 Jeffrey 身故的消息，被人乱刀砍倒在 Chinatown。贝壳坐电车去往医院，他站在最靠边的角落，车里夹杂着腥热和汗臭。下车后有一段漫长的小路，转弯，直走，转弯，抵达时贝壳不自觉屏住呼吸，跟随着进出的人，躲在门背后，远远看着那些脚上挂有编号的尸体，直到目光落在血肉模糊的 Jeffrey 身上。他吸了口气，颤抖着没敢上前辨认，那扇古朴的天蓝色木门让 Jeffrey 的遗容平静，贝壳蹲在门边掐着手心强忍住没有崩溃大哭。天光明媚，从百叶窗透进来洒在整个无人认领的停尸间里，冷清又刺眼，他最终还是没有走上前去看。扭过头，悄无声息地离开了那里。

我才知道，原来贝壳一直不愿靠近医院，只是不想再次面对这样的别离。

7

那枚徽章早该物归原主了。

衣服是 Jessica 给我的，就算是什么特别的设计，也一定有她的特殊用心。她从日本回来，我们约在宛平路附近的咖啡馆见面。

那一带我曾经很熟悉，只是几年没来，新开起了一些小店。这算是徐家汇的顶天招牌了，相比起气势恢宏的商厦，还是弄堂小巷更婉约迷人。

咖啡馆里在做民国杂志展，老上海名媛的照片排成一排。几年前《雷蒙德》做过一期复古造型的专题，从旧时民国的《良友》和《玲珑》杂志摘几张封面，让几位新兴女明星重新演绎，隔空对话。20 世纪 30 年代，费雯丽的手推波浪发就曾在上海滩风靡一时，没想到跨越近一个世纪，又掀起一番风潮。那期杂志做得很成功，唯一的遗憾是，雷鸣没能请到他心心念念的乔薇。

Jessica拨开门帘和风铃，她难得穿着朴素一回，只是高跟鞋的声音清脆回荡，还是让人无法挪开自己的目光。

我们坐在角落，咖啡她只喝古巴琥爵，口味刁钻，难怪她手下的员工一再更换，我好不容易记住几个名字，没隔多久，新人更迭。

Jessica倒是没有和我拐弯抹角，单刀直入就递给我两张照片，顶上那一行字，让我了然徽章字母缩写的含义。这是2000年前后的全年级高中生入学照和毕业照，那所高中是唯一让我读满三年的一所学校。

“我应该安排你们母子重逢一场的，毕竟这么多年没见了，对吧。”

Jessica的话像利刃。刺破这一刻空气的凝重，她笑起来，下巴绷出一道弧线，我抬眼看着她，有些恼怒。

“你查我。”

“只是打了个招呼，没别的意思。”

“我妈呢？”

“好好伺候着呢，老人家请不动，你不想见她？”

我手里捏着照片，来回摩挲，试图从中找到她的意图所在。

“别想了，我也没弄明白，好端端的人，消失去了哪儿？”她迫不及待翻过照片的背面，敲了敲其中一个名字，“程薇薇”，又翻过来，在上千人中指出那张模糊的脸，“还好是彩色照片，要是黑白的，我可没那么好的视力认得出。”

我咽了口口水。我认出来了。是乔薇。

乔薇。程薇薇。那一级的女生里，确实有过那么一个人，代号 W。我曾经注意过她，只是因为听说她也是那个闭塞小城里为数不多的外来学生，和我一样，居无定所。可惜我们仅有的一面之缘不堪言说。我无法将这两张面孔合并成一张。记忆中所有含混不清的地方像突然被切开一道口子，全都血肉模糊地涌了出来。

如果我没有记错的话，高二那年她就退学了，惹来风言风语：说她被一群混混轮奸，染了一身病；说她 17 岁插足别人婚姻，把正室折磨进精神病院；说她未婚先孕诞下私生子，丢给别人寄养；说她母亲为了吸毒亲手把她送给老男人……一传十，十传百，真真假假，谁也弄不清，学校里从此再也没有这个女人，毕业照里也不再有她的位置。

只是当我以为自己一千次一万次的心理暗示，就要将这段记忆抹除，忘记了这个人存在的时候，还是被人当头一棒。

“你想怎么样？”我开始对 Jessica 审慎起来。

Jessica 掏出打火机，众目睽睽之下，在烟灰缸前点燃了这两张照片。一股难闻的塑胶味，一溜细细的黑烟，让我陷入猝不及防的惶恐。

千禧年前后的滨城冬天弥漫着一股煤炭味儿。其实天气不冷，只是街上人流稀少。南方城市少有冬天烧煤取暖的，滨城却是个例外。那是浙闽交界的偏僻小城，往东翻一座山便是沿海重镇，往北往南，是大批偷渡客的原乡，或是成片家族作坊的集散地。滨城处在不尴不尬的位置，滨城人时隔多年才想起来效仿邻城，成群结队地也往东洋、南洋走，那时第一批掘金人早已硕果归来，滨城这儿反倒成了一座空城，只出不进，空留些孤儿寡母。

母亲是追随父亲而来的，她笃定这便是父亲的藏身之处，势必掀个底朝天。大巴在腊月寒冬熄了火，我们又辗转乘坐黑车摩托，才在滨城落了脚。

孤立一个人很简单，连语言的隔阂都不需要，沉默就可以。学生宿舍由原先 80 年代的工厂车间隔断而来，老旧的苏联红砖建筑，伙房挨着宿舍楼，一天到晚都有浓烟飘出。我们十几个人睡一间，上下铺，我挨着窗子，在最角落，他们偷偷抽烟，叫我把窗子拨开小缝，但不知道名字，就管我叫“喂”，语气凛冽如风。我也记不得他们的名字，哪怕我从这儿离开，也好像只是做了一晌短梦，不知身是客。

他们像是无父无母的石头孩儿，任谁也管教不来。教导主任常常训斥他们，再胡闹，总有一天被抓到离这儿一街之隔的看守所和监狱。其实也并没有这么近，甚至要穿过一片山茶树林和一座废弃的凉亭。母亲刚到滨城时，找不到工作，便随人去拣山茶籽，晒了榨油，补贴家用。我每个月才从学校里放出来一次，和母亲团聚。倒是不担心母亲苍老，她比谁都亢奋，像头倔牛，一有父亲消息，巴不得用两只牛角狠狠扎下去。

也可能是我太守规矩，同寝的其他人，“夙寐夜兴”，热闹非凡。翻墙如游鱼自在，跃身而过。每早我醒来，都看到他们提一壶热水坐在床尾谈心。滨城男人少，十几年间男人们如过江之鲫，皆往外跑，留下女人老人，老弱妇孺，所以十六七岁的男人，可是宝贝。他们这些宝贝是被女人宠出来的，那些女人先是四十空守地坐地吸土，后来二三十也如狼如虎了。他们喜欢围炉而谈，夸大其词，绘声绘色。

滨城的重工业一直扶不起来，废弃厂房倒成了开办迪厅的便利场所，但我来到的时候，早已一落千丈。我能想象它鼎盛时期的场景，两排男女，相对而望，中间空出一片地，头顶是旋转的镭射彩灯。从香港辗转而来的盗版磁带，廉价的兑水烈酒，让年轻男女失魂落魄纸醉金迷。

我没有资格同情他们，我总觉得自己似乎很清醒，其实还不如一头栽进酒池肉林里，卸下身上的所有防备。他们的防备是尖刺，总忍不住靠刺伤别人获取存在感；而我的防备是枷锁，哀莫大于心死。

十六七岁的少年时代应是多么狂妄啊。我却只从镜中看到自己的渺小，眼中看到他人的卑微。那群幻想成为不良少年的室友，每天徘徊在旱厕边上，用烟头在摇摇欲坠的砖墙上烫出一口淤痕。他们迷恋做爱，生猛用力地将女人顶在自己的裆部，有使不完的劲儿，和无处发泄的怒气。

他们目中无人。他们也不会注意到，十多年前的夜中我凝视的双眸。

他们说 W 是全校发育最丰满的女生，她的身体拥有一片最绵密的雨林。

那个传言始于一场百无聊赖的地理课，老师摊开香港地图，茶渍印出一道曲折轮廓，赤红色，像一只折碎翅膀的蝴蝶，从中斩断的那条璀璨港湾，叫作维多利亚港。

但那只蝴蝶悠悠然飘荡，没有落在讲台黑板上，而是停在了 W 的胸口，夏天潮热一片，衬出“W”形的乳罩，所有男生都想投奔那条港湾，那条域阔水深、四面环山、终年不冻、进出自由的维多利亚港。

老师热切地说，那一年香港特区政府列出的中环填海计划要拆掉皇后码头和天星码头……他们当然毫不关心，他们燥热难耐，他们专心致志地盯着蝴蝶，只想拆掉 W 胸口那条绷紧的湿漉漉的乳罩。

事发前，那张纸条像传染病一样隐秘而迅速地在我们宿舍里蔓延。一个无声的秘密，人人有份，面面相觑。我也收到了。一定是其中一个人在号召行动，但那张特地用打印纸印出的纸条缜密得让人无从查证。

纸条上写：凌晨两点，维港开埠。

像是密语，但大家却心知肚明。

那是我第一次也是最后一次看到 W。

她赤裸洁白，站在稻草堆上，像正在融化的积雪，面无表情，颤悠悠无路可退。凌晨三点的月光照着她的皮肤，打上一层薄薄的釉。我看到五六个、七八个、十多个瘦弱躯干堆叠成厚厚的影子，模糊纠缠，我说不上来有几个。他们团团围着她，像几片撞击的流云，直到将她整个吞噬掉，我无法从缝隙中看到她的身体，她的喘息声在消失，喉咙也不再发出嘶哑的低鸣。她被深深地埋在草堆，细长的脖子，像秤砣上的弯钩，死死扣住自己，压得很低。

我站在围墙后目睹了全程。我失声了一般话在口中却说不出，噎得我心跳加速，也没敢上前阻止，结束后仍旧犹疑张望。这少年时的怯懦令我陷入漫长的懊悔中。血液里流淌进一粒尖刺，心脏的位置不知道什么时候就会被扎一下，让我幡然悔悟。

很多天以后，他们说 W 失踪了。失踪的那天清晨，有人看到围墙边的稻草堆燃起了一束灰烟，像是一场寂寞而盛大的烟火结束后残存的挣扎。

那些男孩中的一个，张狂而兴奋地踏着灰烬，忍不住炫耀，夸夸其谈，W 的事情至此走漏了风声，版本众多，不一而足——奸淫掳掠，坏事做尽。W 既然走了，那些不光彩的事情，一股脑儿全扣在她头上，所有人都心安理得。流言传到最后，连我都怀疑自己，那天夜里是不是做了一个噩梦，仅仅是一个梦？

高考结束离开滨城前，那个漫长的夏天，我一个人待在阁楼的顶层天台，在水泥和裸露的钢筋中间铺了一张简陋的凉席。我躺在那里，烈日海风，太阳从东方升起西方落下；我趴在围栏上，西边日落的弧线，刚好汇聚在远处学校厕所围墙后的那株苍天大叶榕。那天晚上我没有看清自己身处的位置，直到这一刻，才将自己置身于上帝视角，忐忑地重温全过程。

我有过一次短暂的念头想要去找 W。她唯一留下的线索，便是那个出租屋，兜兜转转，原来离我只有一个拐角，但我竟和她从来没有交集。我最终没有走进去看，既不知道怎么面对，也或许根本就是一场落空。就像薛定谔的猫，18 岁的我天真地以为，那扇门打开之前，所有的秘密或许可以就此封存。

“只是为了一个专访的话，没必要这么大动干戈掘地三尺吧？”

“灰才掸了没几下，就怕挖到你祖坟啦？”Jessica 的笑话让人不悦，她的手不老实，总试图探入我的大腿间游走。我决然推开，她反倒自得其乐起来，“真倔哦。一模一样啊。”

“什么意思？”我诚惶诚恐，她却乐在其中。

“《雷蒙德》的情况你也知道，就算改成电子刊，也撑不了几期的。雷鸣自以为能破釜沉舟，其实不过是在自掘坟墓。到时候，他才是真的连养老的钱都要掀个底朝天了。”

“杂志是生是死，我管不着，我欠雷鸣人情，还完好聚好散。”

“看来你对雷鸣了解得也不算多嘛。”

我警惕地回过头，她正慢慢露出诡异的笑容。

“聪明人总得给自己留条后路。你要的所有，我都能满足你。”

“但我实在不觉得自己有任何利用价值。”

“你当然有。”她小嘴抿咖啡，又拉着我沿咖啡馆后门钻进了里弄，一条曲折干净的街道。

左右两边是民国三层半高的老楼。Jessica 指着其中一幢说：“20 年前我刚来上海的时候，就住在这种楼里，只图文艺，哪管便利。有一次做爱到一半，正好是夏天，电风扇断了电，老鼠也从下水道钻出来凑热闹，和我们一样，浑身湿漉漉赤条条的，我就坐在床边笑，看着那个光屁股的男人用拖鞋追着老鼠打，后来笑着笑着就哭。你知道的，如果一个女孩子连做爱的地方都不讲究的话，那她这辈子也就只能任人糟蹋了……

“那时候哪有什么像样的时尚杂志，顶多是几本国外杂志的中文版，洋不洋土不土，年轻女孩子们趋之若鹜，随便蹦出几个英文单词的牌子，就能把人唬住。要说我对《雷蒙德》没感情，那是睁眼说瞎话。可又能怎么样，这几年眼看着雷鸣把杂志越带越偏，现在倒好，总觉得自己是瘦死的骆驼比马大，其实在别人眼里，不过是轻易就能捏死的蚂蚁。我说不动他，和你也没什么交情，但我知道说来说去人在意的无非那几样，性爱、仇恨、金钱，牢牢抓住其中一样，轻易就能成为盟友……

“说到底，我还不是为了雷鸣？你看我这人多坦诚呀，不像你，活了 30 年，枉在人间走一遭，连自己究竟想要什么都说不清楚。哦，你不是真的不知道，只是羞于启齿，其实人生哪有那么复杂，不过就是欲望的集合体，没有欲望的游荡好比行尸走肉。你大可敞开自己，需要的所有，我都能满足你。而你恐惧的那些，我也可以一一帮你清理干净。”

“谢谢你的提醒，但我们之间应该没什么好聊的，你也帮不了我什么。”

“真的吗？”她不动声色地笑了，“我没记错的话，你从小是和母亲长大的吧。你父亲呢，你难道就不想知道他的下落吗？”

“不好意思，我没有兴趣，也不想知道。他的事情早就与我无关了。”

“你母亲好像可不这么认为呢。”

“你想怎么样？”

“别把我想得那么坏嘛。我只是觉得，男欢女爱，多自然的事情。你和乔薇这么亲近，说不定，可以从她身上发现些什么你想知道的，不是吗？”

她的高跟鞋清脆地踏在水泥窄道上，吧嗒吧嗒，夕阳将她的影子留在道路尽头。她说了这么多冠冕堂皇弯弯绕绕的话，一边像是卸下自己的外壳，一边又在撬开我的铠甲。她把我带到这么个弄堂角落，所说的每一句话，就像她之前引诱我的每一个举动一样，都是缜密设计，步步为营。

她送我布里奥尼的西装，故意在口袋前别上那枚徽章，试探乔薇的反应。她告诉我乔薇的藏身之所，让我去东海码头，以此搅乱乔薇和郑亚仁的关系。

我们走到虹桥路，东方曼哈顿的大理石雕塑旁生长着一排法国梧桐，凋落一地的叶子像金黄的鳞片，Jessica 快步走过，宛若少女。不远处是徐汇天主教堂，天色已经渐暗，哥特尖顶依旧清晰，但红砖外墙已不可辨认，微光映照，如镀金箔。

我们走到关闭的铁栅栏前，Jessica 才停下来，手指轻轻触碰冰冷的铁丝，然后步入正题，她的话开始变得简短节制，蛇吐信子似的冲我耳语。话闭，她看着我不安的面容再次露出意味深长的微笑。她说，也并不着急于一时一刻做决定，但潮水终究是会来的，她已经替我提灯明路，一切就位，就等我想通了抛锚靠岸。

星空下，石墙上有人刻下一行小字。

> “你们要进窄门，因为引到灭亡，那门是宽的，路是大的，进去的人也多；引到永生，那门是窄的，路是小的，找着的人也少。”*

* 典出《马太福音》7:13–14。——编者注

8

都说这是上海30年来最冷的冬天。当然，我来上海以后，似乎每年都会听到大同小异的传言。只是这才十一月，水管就冻塞了好几次，不出水，光出声儿，轰隆隆，我和贝壳也束手无策。

贝壳傻得有点可爱。他烧了一壶热开水，烫了一条热毛巾，裹在水龙头上，像捂汗那样捂着。

我告诉他不如亲自送爱心，用双手把整个弄堂上上下下的管道都焐热了，恐怕才通畅。

贝壳白了我一眼："就说你没生活常识吧。这关键不在于能不能把它全都焐热。这种老房子的管道，可经不起大起大落的热胀冷缩，别看这会儿冻住，回头突然一升温，猝不及防水管整个儿爆掉，那才追悔莫及！"

短短数月，他的脾气又被我惯回来了。从前决明哥长决明哥短，现在我们被围困在这座冬日孤岛，他倒像只小猎犬，边开辟疆土，边回过身向我淘气示威。

贝壳自顾自地继续捂着，我只好在一旁发笑。也是，漫漫冬日，太阳也不出来，手头又没事情做，冰箱里的囤粮还不至于让我们饿死，百无聊赖，只能用这些琐碎小事打发时间了。

贝壳说得没错，所有最终的追悔莫及，都只是因为一开始的毫无戒备。

Jessica 这次的确是发力了。《雷蒙德》的最后一刊，铺天盖地都是。连恒隆和 K11 商场都在中庭挂了整整一个月的巨幅海报。只是杂志封面上那张乔薇的照片，和耸人听闻的标题，让我不禁毛骨悚然。

而更令我震惊的是，杂志上刊登了乔薇即将复出的消息。

Jessica 从来就没想过让我全身而退，她也不是在等我下什么决心做什么决定，她早就知道，杂志从印厂送出来的那一刻，我就已经输得彻彻底底了，除了对她缴械投降，我似乎别无选择。

我从报刊亭买了一本杂志，径直冲往香港广场 32 层找雷鸣做最后的周旋。大堂热闹非凡，像是回光返照一样的气氛，仿佛回到十年前，《雷蒙德》蒸蒸日上的时候。但我还是晚来了一步，原先雷鸣冷清干净的办公室，这下彻底被清空了，落地窗上的帘子都被拆卸一空，更别提那幅安迪·沃霍尔的仿作，只留下一枚钉子深深嵌在白色的墙壁里。

我站在空空如也的办公室里发呆，无地自容。公司里明白事儿的人向我坦言，杂志已经易主，Jessica 早就完成股权变更，现在雷鸣的主编职位被架空，人也不知所踪，公司依旧如常运营。所有人都知晓这个消息，却异常镇定，我这才反应过来，以 Jessica 的作风，公司上上下下肯定早就打点过一轮，亏雷鸣那么信任 Jessica，最后还是落得这么个下场。一切有为法，如梦幻泡影，如露亦如电。

我还没踏出这幢改弦更张的办公楼，Jessica 的短信就发到我手机上来了。

她知道我要问她什么：为什么封面用了乔薇的私密照，为什么标题大张旗鼓地曝光了乔薇被郑亚仁包养的地址，为什么在文章内容里对郑亚仁的暴力倾向添油加醋让我成为众矢之的……所以她单刀直入丢过来一个乔薇现在的地址，让我找她见面。

她知道我会去的，我别无选择。

在古北，上海 80 年代开辟的涉外商务区——从一无所有的农田到一根一根钢筋水泥垒起来的商业中心。地铁十号线水城路下车后往东走两百米，导航提示我左手边是一家购物中心，往小巷里走，有一间隐蔽而幽深的居酒屋，招牌是汉字书写的“柳”。但显然这并不是乔薇的住所。

我向咨询台提供名字后，他们差人带我往里屋走，经过一条人工铺成的石子路，右侧是一面枯山水，这种源自日本镰仓时代的园林风格有种枯寂的意境，我用轻缓的步伐沿着石子路前行，周遭的景致让我身上繁缛的赘物显得格格不入，我越往前走，越因这凝固的片段与永恒的短暂而自觉渺小。石阵下覆盖着一层薄薄的白色沙砾，意指川流大河，又如云雾，而在这个季节看起来，仿若寒风吹蚀的积雪。灰色的石灯笼在园林东侧，它不止不息地燃着微光。这大概是日语中“净火”一词的意表，用圣火净去万物的污秽，笼罩于石灯笼之下。水由“惊鹿”而出，沿“飞石”疾下，既静又动，循环往复，即是永恒。

道路尽头横过来的长廊，是一排和室，走进最末那间，门是开阔的，跨过脚下的敷居*，可以看到头顶的长押**和壁龛上的云板呈现出渐变的酒红色。天光很安稳，背过身去和师傅在做陶艺的是乔薇，她专心投入，连风铃声都不曾让她扭头，也没有注意到我站在她身后已经良久。她拉胚的姿势温柔而敏锐，左右两只细细的手指稳稳架住泥团，在底座上往复旋转。她用手肘擦额头上的汗，夕阳落在她脸上时，手中没有成型的陶泥似乎也在她细长的脖颈映出一道柔软弧光。

我们一直没有对视，我靠在门廊上，始终不再往前跨过去，好像中间隔着一条长河似的。我看着她双膝跪坐，双目凝聚。有风从回廊穿过，缓慢，像是从前，午后小憩时透过阳台上玻璃看到的斑驳树影。我这样凝视着不动，回过神时，她手里的陶胚竟也慢慢成了型。我看不清陶胚的样子，也看不清她。她好像还是我上次见到的那样，又好像不是。我对她的了解，仅仅因为她是 W 的这一层身份变得更加确切，又更加的扑朔迷离。我并不希望她知道生命中曾经有过我的存在，即使她已经认出我那枚徽章的出处，我也希望她只以为我是芸芸众生当中的那一个，不是旁观者，只是陌路人。

---

* 敷居：日本建筑中安装在门的下面区分室内和室外的横木。——编者注

** 长押：日本建筑中上门框上的装饰性横木。——编者注

“接下来是煅烧。我们无法赋予它形状，只是顺着它原有的质地将内里剥离呈现出来。每一种泥质都会有其独特的质感，泉山陶石的有田烧，美浓黏土制成的美浓烧。每一道工序，都会让它呈现出不一样的面容，直到定烧前，都不足看出它的终貌，几经流转，岁月也会使它增添独特的刮痕……”

给乔薇上课的老师是日本陶艺家桥本忍的弟子，桌上摆出的所有陶器，黑白灰的基调，沉静凝重。老师将捏好形状的陶胚送去烤炉定温，乔薇转过身看到了我。

她说：“决明，你来了？”然后自然而然地领着我去池台洗手。

水声哗啦啦。我不知道怎么开口，她见我眼神迟疑，反倒主动向我说话。

“晚上一起吃个饭吧，以前有一阵子和许先生住这一带，我还算熟悉。”

“郑亚仁呢……也一起吗？”

“他爸爸前两天把他叫回加拿大了。”她似笑非笑，看了我一眼，“你们杂志威力不小。”

我怯生生回避掉她的眼神，没来得及问她是否因此心怀芥蒂。她倒是很大度地说：“你们那个什么总监，Jessica，是不是又难为你了？”

“她提前和你打过招呼？”

“你每次来找我，不都说是受‘奸人’唆使、委曲求全吗？不情不愿的。”

“我这次来，真是负荆请罪、将功赎罪来的，纯属自愿。”

“巧言善辩，你们这些作家……”乔薇没说完，突然停下来抬起头。我认真去听，似乎没有听到什么特别的声响。

乔薇说那是飞机低空滑翔的声音。她说久违了这种呜呜呜的哀鸣。以前和许先生住在附近，再往西一些就是虹桥机场，飞机从跑道上起飞后会在低空滑翔一段时间，如果不注意，是不一定听得见的，但敏锐的人，每隔不一会儿就能感受到那种哀鸣声。

“听到了吗？”乔薇说，“那个时候每周都要飞去不同的城市，拍戏，录歌，学各式各样的课程，见各种各样的人。现在回忆起来，说恍如隔世也不为过，只是大部分乱糟糟的事情，得过且过，如今彻底结束了，也好。这世界终归没有什么永恒不变的事情。倒是有一样，还让我挺感谢许先生的。刚好那阵子他对陶艺有兴致，带我拜了师父，你知道我第一次来这里的感觉吗？就好像我从满身的蛆虫堆中找到了一个缝隙。我拼了命往里头钻，像一溜烟似的，才发现原来里面别有洞天，这个世界好像是静止的，却又很迷人。我觉得自己的身体像面团一样被揉拉得很长，变成二维的，又像纸片一样，从此以后我就喜欢上了这里。”

她这会儿说话的声音就像风一样轻。可哪一个才是真实的她呢？就好像，我们又有谁真正见过风的样子。

晚餐不出所料，吃的是这家居酒屋的怀石料理。

前菜是艾草豆腐，高汤里有海胆、荠菜和秋葵之味，头盘是明石鲷，主菜还有松茸黑鱼和咸味的厚煎鲈鱼干。盛酒的赤釉酒杯看似古旧无奇，却是驻店陶艺师亲手烧制的珍品。我选了梅子酒，本来就不胜酒力，更怕在乔薇面前乱了分寸。

话题兜来转去，终于又回到了杂志的事情上。我向她解释照片和措辞都在临下厂前被人调过，我必须得做点什么来弥补。

“但你又能弥补什么呢？”她故意用严肃的表情望向我，忍不住哑然一笑，“这样也好，省得遮遮掩掩。不过，就算是发往全国了，真的还会有人记得我吗？”

“当然。你曾经颠倒众生。”

“你也说了是曾经。”

“但你会回来的，不是吗？”

“我不知道。”乔薇喝下一口酒，就开始找烟，“听到许先生死讯的那天，我的第一反应是打电话给银行，查了我所有账户的存款。我松了一口气，我想，我是不是可以休息一段时间了。但真正停下来以后，我开始失眠。一开始我以为是酒店的原因，于是我提着行李箱马不停蹄地换酒店，后来我想着要不干脆离开上海，我坐火车，坐飞机，甚至坐轮船，我想总有一种方式能让我在路途上沉睡一场。但都失败了，我又回到了原点，回到我和许先生初次见面的地方。那时候我坐在他那辆加长林肯的后座里，他坐在我旁边，窗外是凋零的梧桐叶，而他身上是圣罗兰 M7 沉香木的气味，我筋疲力尽地望着那层厚厚的玻璃，枕着他的手臂和胸口，睡了一天一夜，那是一种前所未有的归属和安全感。”

“所以最后，你又回到了上海，回到了华季酒店。”

“是 Jessica 给我寄了一封信，夹在信用卡的账单里。她真是个聪明的女人，也是个有手腕的女人。”乔薇抽 GITANES 时托着下巴，头抬得很高。

“她设计了一切，操纵所有人——你的到来，我们的相遇。但她从头到尾却没有出现，为什么呢？”

“她清楚我们都是不甘寂寞的人，会死死咬住诱饵，即使知道是鱼钩，也要上岸。”乔薇一连又喝下几杯酒，直勾勾盯住我，“决明你知道吗，我演戏这么多年，其实一点长进也没有，除了明白一个道理，就是这个世界上的所有人，包括你我，都是不切实际的，我们太高估自己，也太容易美化自己，我们根本就不愿意面对真正的自己。”

“是这样吗？”我想起刚到《雷蒙德》时杂志专栏序言上的那段话，“我不觉得这是什么至理名言，Jessica 以前就很喜欢说，‘生活永远建立在谎言之上，我们需要做的不是戳破它，而是把自己也变成谎言。’但我讨厌这段话。”

“你先别急着否认。你不是想知道我为什么回来，又为什么答应了 Jessica 的种种条件吗？”她熄了烟，给自己斟满酒，又给我斟上，“那天我从巴塞罗那飞往巴黎，其实只有两个小时的飞行时间，除了中途遇到急气流颠簸了一小下，都很顺利，可就在下降的时候，飞机一直在跑道上空往复盘旋。空乘们开始脸色苍白地给大家派发文具和纸，让大家写遗嘱。机长向大家宣布，是飞机轮子卡住了，后轮那里一直发出嘎嘎嘎的声音。坐在我旁边的一个大男孩，细声细语地问空乘，能不能用他自己带来的纸写，需要打开行李架，从包里取出纸。他这一系列动作完成得颤颤巍巍，最后，我看到他落笔的那张明信片，是我 20 岁没出道时演的第一部电影的剧照，一个连票房都没多少的小众文艺片，我演配角。许先生费了很大劲帮我抹除掉这部片子和我有关的所有讯息，他要我一出道就惊为天人，不允许有这样失败的经历。可这部片子却在巴塞罗那拿了连我都不知道的小奖，而那个男生要将明信片留给他在西班牙留学的女朋友，当我在异国他乡看到这张照片的时候，我觉得自己愧疚极了。”她喝下一小口，叹了口气继续说，“那是我少有的，唯一一次，面对摄像时卸下自己身上所有的防备，拍那场戏时，我全程闭着眼，导演却说，我连脚趾头都有灵魂。我知道你也在写小说，你应该能体会那种感觉，你有许多想表达的，但是你一笔带过了。”

“有惊无险。”

“对，但我重生了一遍。不是那种剔骨还父割肉还母的死法，而是用钝刀从胸口切下一道口子，连筋带骨地挑出来，最后脱胎换骨。陶艺也是这样一个剥离的过程。从一块毫无形状的黏土，剥去外壳，塑成想要的样子。但没有人知道它究竟会成为什么样子，就在这漫长拉扯的过程中，它逐渐显露出了自己的形状。”

“可你还是选择羊入虎口，重蹈覆辙，走着许先生给你铺好的老路。”

“比如？”

“比如华季酒店，比如今天的陶艺馆，比如郑亚仁。”

“你错了。正因为我把这些当作前尘往事，我才不再那么抗拒，从前所有敷衍的事，我都希望自己能从头认真来过。”

我把杂志拿给她，将封底显眼的位置摆出来。她不作声，连喝了三杯酒。几瓶梅子酒都已见底。

“这也算是你从头来过中的一步吗？你和 Jessica 之间很早就达成交易了，对吧？你让郑亚仁做你的保护伞引开所有跟踪者，又借用杂志曝光他的暴力倾向一脚踢开他，现在，你和 Jessica 携手共赴你们的大计。我只是不明白为什么你们挑中了我？”

她望着我，梅子酒的后劲开始显出来，醉眼迷离。

“因为是你呀。”

“因为是我？”

乔薇醉醺醺，像一个絮絮叨叨的妇人。我们脸颊涨红，呼吸间都是酒的气味，我们浑身的血液都是热腾腾的；我们的肢体非常放松，拉紧手环挨着站时，彼此间离得很近，以防人流将我们冲散。她倒也没有抗拒坐地铁，我们相遇那天她还穿着睡衣坐公交车呢。一个曾经红绝一时的明星，深居简出，偶尔离家，也无须遮掩，坦荡大方，聚光灯背后的终归是个凡人，是“饮食男女”，有爱恨情仇。这是我喜欢乔薇的地方。

乔薇说得没错，每个人都是矛盾的共同体，每个人都不愿面对真实的自己。她可以让自己表现得如置身事外般洒脱，却还是会在不经意中露出破绽，她哪里是不物质的人，她彻头彻尾的物质啊！她能在许先生的怀里睡着，并不是因为那个饱经沧桑的成熟男人能教会她爱与成长，而是因为那是在一辆加长林肯里，那双手臂上沾染的是绝版圣罗兰 M7 香水，而她是怀春少女，她嗅到了爱、金钱与情欲，缺一不可。只不过她也不避讳让别人知道，这是她坦诚的部分，如今她正在面对自己，而我呢？

拥挤看起来总是很热闹，但其实拥挤的时候最冷漠。

风从头顶吹过，梅子酒的后劲此刻愈演愈烈。没有下雨，云雾很薄，冷的感觉因为浑身发热而更像是烫——风烫起发梢上的露水，烫过手指和脸颊。

树枝上有一副落魄的风筝支架，肉身早已吹散。它可能春天的时候掉落在这里，直到冬天也没有被人拾走，它在我平时行走的路径轨迹里，却一次都没有被我发觉。这样漫无目的的行走让这一切都好像变得很陌生新奇，尽管缓慢行进的方向是家，但我内心深处还是希望和乔薇保持一定的距离。

她停在那株挂有风筝的树下，仰头看了一小会儿，有些淘气地用手晃了晃粗大的树干。叶子早就掉光了，枝干上的雨水便一个劲儿地落下，落在我们的头顶和衣肩，这好像童年时候雨过天晴，奔跑在满是水坑的草坪上，一棵树一棵树地去晃动，然后迅速逃开的无聊游戏。

乔薇当然没有拿到那只风筝，但她突然想起些什么，自顾自地笑了起来。

“许先生送过我一只风筝。他从加德满都回来，正好遇上宰牲节，他说那是一场关于风筝的盛会，雨季结束后，尼泊尔人将风筝放飞来向神灵祈祷，满世界都是风筝。当然对于孩子们，那大概是个斗风筝大会，谁的风筝飞得高远，把别人家的风筝斗落地，谁便获胜。你小时候呢，也玩风筝吗？”

“偶尔玩，但那时候风筝都是自己糊的，形状也很单一，菱形的纸蒙在十字交叉的两条篾片上，正下方加一个小小的三角形尾巴。厉害的小孩会抓一只蛞蝓，把黏液涂抹到风筝线上，风筝线就会结实很多。哪像现在，风筝的布料和颜色都多到挑不过来，连手柄的设计都丰富多样。”

“等开春了，或许我们可以一起去放风筝。”乔薇看着我，我点头同意，她却摇了摇头，“许先生也这么答应过我，我居然也相信了。他其实还是拿我当小孩子。他以前每年都会去印度、尼泊尔修行，毗湿奴、杜迦女神、湿婆神，他嘴里那些拗口的名字，我一个也听不懂。他说那种感觉像是从一种拥挤繁华的堕落，进入到另一种拥挤贫瘠的堕落。我应该亲眼去看一看的，对吧？许先生不带我去，我可以自己去啊。干吗非要较这种劲儿……”

她低着头，单薄的身体在颤抖，风一吹，她身上的酒气就往我这儿扑。我能感受到她此刻很难过。

许先生之于她，或许就像 Eddie 之于贝壳。也可能那种感情里有更浓厚更复杂的情愫。难道不是吗？她时时刻刻都记着许先生的细枝末节，许先生长许先生短，倒让我想真的见识见识，如果这个许先生尚在世的话，究竟有多迷人，足以让乔薇委身于此，让乔薇死死揪着那只遥远的风筝不放。她以为自己是转轮，是长线，是来去自如的风，其实她是那只无人问津失去肉身的风筝——光溜溜的躯干，灵魂早已飘走。

“上海算得上是‘拥挤繁华的堕落’吗？还是其实这里的土壤才是真的贫瘠。生活太单调了，人人来这里都是为了满足膨胀的物欲，我也不例外……你呢，你为什么总是无精打采的样子，你不快乐吗？是这座城市让你见识了太多触不可及的东西，还是你拥有的太多……”

她的胃里装满了酒，她的血液里像是注射了致幻剂，我扶着她，她便抱住我哭哭停停；她的手臂在无限延展，像柔软的襟带，勒住我；她用牙齿在我的肩膀上狠狠留下印子，她说自己头疼欲裂，她又想起许先生的话了。对，致幻剂，在弥漫香烛气味的加德满都山谷，那些为了逃避平庸而接近真神的人，把致幻剂当作禅修的入门捷径。他们不知道赫尔曼·黑塞书中的巨大骗局：生命之路并不通向东方，安纳普尔纳峰的银河不是世界尽头，吸食大麻所看到的也并不是光，而是虚无的幻象。

“是我杀了他。我们在天鹅绒床单上做爱，我用陶胚狠狠砸坏他的脑袋。流了好多血，他的半边脸烂掉了。我在最后一刻记住了他的样子，然后让人把他灌进泥浆，抛到水里。这样他就永远在那里，逃也逃不掉了。”

乔薇彻底醉了。她望向远方笑着。

“别说了。”我制止她说胡话。她的描述让我反胃。我朝着树根吐了一地，整个人有气无力。那些话像是刺刀，挑开我的舌尖，直扎进我的喉咙。许先生血肉模糊的脸，仿佛在泥浆里凝视着我。我闭上眼，试图遗忘掉一切。佯装什么也没听见。

我从 7-Eleven 便利店买了矿泉水，凉水冲在彼此脸上，能清醒一些。

我拉着她走在大马路上，试图忘掉刚刚那段话。寒风刺骨，她拖曳着轻盈又沉重的步子，一手勾住我，我们就这样在马路中间对望着，头顶的玉兰花格格不入地开，散发出令人迷醉的香气。

有那么一瞬间我差点就忍不住想要亲吻她了，我紧紧握住她汗涔涔的手心，嘴唇滚烫，我们俩轻轻将脸贴在一起，我能感受到她的眉骨，她的鼻翼，她的下巴，她口齿呼出的酒精热气，她棱角分明的脸庞的轮廓，我伸手缠绕住她的腰，我的舌头停留在她细长的脖颈，最后还是离开了。只是在分离前的那一瞬，我没想到她似醒非醒地亲吻了我一口。

她说，你知道我是程微微吧。

我来不及反应，然后她像一枚温热的炸弹，投掷在我的怀里。我感受到来自耳朵和心脏的轰鸣。

10

“你这些年过得好吗？”话到嘴边，我却没敢问出口。

乔薇翻了身，呼吸很轻，她在梦里卸下了盔甲。我想从身后搂住她，但犹豫不前。我试图忘记她酒醉时说过的那些话。

但我脑子里总会忍不住想，杀死许先生的人，真的是她吗？我曾经以为她把许先生当作是父亲、兄长，抑或是，可以托付的恋人。

她不肯说，我光用猜测，是永远不会得到答案的吧。

贝壳用一种惊讶的表情望着我，但还是老老实实地煮糖水给乔薇醒酒。她靠在沙发上，我用勺子一口一口喂她。这大概是乔薇最落魄的时刻，她应该不会想到，自己大醉后的惨状被贝壳用拍立得迅速捕捉下来。

“真美。”贝壳拉了张椅子，坐在沙发前端详着乔薇。我和贝壳面面相觑，贝壳轱辘辘转了转眼珠，拎了件大衣，突然说要出门去买关东煮。

我说家里有吃的，他又改口说想顺便散散步。我没来得及拦住他，他就一溜烟儿下了楼。他的意图很明显了，但我不会乘人之危。我拿了一张毯子给乔薇披上，自己就靠在椅子上，从书架上随手拿了一本小说，打发时间。

是伍尔芙的《达洛维夫人》，用一天的时间写尽一个女人的一生。我画下其中一行字。

> “他在这里穿过伦敦，为了用那么多话对克拉丽莎说他爱她。你从来没有说过这句话，他想，一是因为懒惰，二是因为羞怯。”

我害怕这是自己的写照。

我把书合上，想起今天在居酒屋乔薇和我提起的那部电影，她被许先生清除得一干二净的处女作。我几番搜索，最后在境外的网站上看到了资源，下载速度很慢，我抱着笔记本电脑慢慢等。凌晨三点，我站在窗台上往下看，贝壳已经不在附近了，不知道他“散步”去了哪里。电脑发出一声提示，下载完毕。我怕吵醒乔薇，便来到卧室，洗了把脸，将声音调到最小，郑重其事地打开视频。

规规矩矩的文艺片，开场一个长镜头：岛屿公路，芭蕉丛林，一辆冒着黑烟的拖拉机，持续轰鸣了十分钟，在丛林沼泽里熄了火，头顶飞过的一架军用飞机，摇曳的椰子树，突如其来的蓝色滤镜，猝不及防插入的一段纪录片片段……叙事松散而无序，带着点漫无目的的尖锐。

的确如乔薇所说，电影青涩、拙劣，有许多模仿的痕迹，像阿彼察邦，又像蔡明亮，甚至还有大卫·林奇的影子。影片漫长而烦絮，如果不是因为期待乔薇的演出，恐怕我会敷衍地合上屏幕，或是快进。但我最终还是等来了乔薇的表演，我也在顷刻间明白为什么许先生不惜一切也要销毁这部电影。

她扮演一个偷渡出走的16岁女孩，为了离开自己的国家，与蛇头达成了性交易，出卖自己的童贞。但她没想到的是，自己因为第一次的妥协，成为众矢之的，没过多久，满车粗鲁的劳工就视她为性奴。她梗着头趴在冒着浓烟的拖拉机车厢，褴褛的衣衫下堆积着粗壮的剑麻，像刺痛她的那一根根阴茎一样，刮破她的小腹和乳头，她两眼无神地望着天，身后似乎还有千军万马的铁蹄在奔腾，她伸出掌心，天空滴下了炎炎夏日第一粒雨珠，紧接着是倾盆而下的雷雨，她结痂的伤口开始渗出血水。她笑了。

她的神情让我想起贝托鲁奇的电影《巴黎最后探戈》的女主角玛丽亚·施耐德。电影里，她是炽热追求爱欲与自由的让娜，而电影外，她是贝托鲁奇和马龙·白兰度联手策划的施暴事件中的受害者。那起臭名昭著的事件的肇事者没有受到惩罚，而她，一个19岁的少女，身上却被砸下千斤重石，坠入阿鼻地狱，从此人生一片灰暗。

那是玛丽亚·施耐德最传神的一次演出，这也是乔薇最投入的一次表演。千回百转的宿命大抵如此，她们凝视着摄影机，将自己定格在了那一瞬，记忆被永恒地记录，也被遗忘在了过去。

我关掉电脑，透过半掩的门扉看着尚在沉睡中的乔薇。我想象着她伤痕累累的样子，想象着她曾被撕裂成无数瓣后，一块一块将自己的身体拾起，拼接，再组成另一个看似完好的自己。没有人问过她疼吗。十多年前，众人声嘶力竭地指责她罪有应得，她仍旧一步步走到今天。我心疼，却知道无论如何也于事无补了。

贝壳回来的时候，天刚刚破晓。

“在外头又冷又饿，冻坏了吧。”我接过他手上提着的新鲜海产。他六点钟就去市场上排队，把从舟山拉来的鱼虾，丢进砂锅里煮粥。

贝壳看见乔薇仍在沙发上，不免泄气，撒娇似的向我抱怨：“苦了我昨天牺牲一整夜。决明哥，你们这对金童玉女，好歹也有点实质性的进展嘛。”

“下次别自作主张。她只是喝醉了，借宿一晚。”

“知道你是正人君子，我童言无忌，不打扰你们。”他突然一挑眉，转身进了厨房，拉上门前给我一个鼓劲的姿势。我回过头，才发现是乔薇醒了。

她开始打量自己身处的环境，意识已经苏醒过来，但身体可能还有些迟钝，直到拿起桌子上的那杯水，大口咽下去，她才完全清醒过来。

“昨天谢谢你。”

“举手之劳。”

“我喝醉了，是不是胡言乱语？”

我摇摇头：“我也喝多了，记不清了。我没说胡话吧。”

“哈哈，两个断片的酒鬼。”

我坐在沙发上，听着厨房里发出窸窣声响，许多杂音汇聚到一起，让我连眼睛都聚焦涣散。

乔薇看了看墙角的白色高脚桌，天蓝色的格子桌布上空荡荡。

“那儿缺个花瓶，正好我前阵子自己捏了一个，送你，初学的，不太成型，别太介意。”

“谢谢，我哪有资格介意啊。家里挺乱，好几天没收拾，招待不周，委屈你了。”

“我喜欢你窗帘的颜色，还有天花板上的吊扇。”

“80年代的老吊扇了，房东不让拆，我就自己用油漆给新上了颜色，是没法打开的，一转动，估计扇片就要坠了，这屋里什么都松松垮垮的。人待久了，也一样。”

“酒店就没办法了，除了换床单和枕套，别的一律不许动。”

“你应该买个自己的房子，嗯，不过你大概也不愿意。”

“厨房里是贝壳？你好像和我提过。”

“嗯，他刚从PARADISO出来，暂时和我住。”我坦然作答，但看到乔薇靠在沙发上露出笑容，便赶紧解释道，“别误会。虽然只有一张床，但我们是分开睡的。”

“对对对，我不会打扰你们的。”贝壳从厨房探出头，手里还举着锅铲呢，笑嘻嘻道。

乔薇看了看墙上的挂钟，指针刚刚过七点，还是不好意思停留，说要赶在早高峰前回去。

“这么着急走吗？留下来吃个早饭吧。”

“对呀，粥已经煮好啦。”贝壳直接将一大锅粥端出来，让乔薇不好拒绝，“排了一早上的队，可新鲜的海鲜粥了。”

那张餐桌最开始我只考虑到独自一人，后来贝壳一起勉强挤挤也还好，但三个人，怎么看都的确有些局促了，六条腿缩在半人宽的台面下，脚尖抵着脚尖，唯一能安慰自己的说辞就是，冬天方便取暖。

乔薇很会解围，她不动声色，把椅子稍稍拉出去一小截，腾出了不少空间，一上来就主动给我们剥虾蟹。她的手指灵活，她是我见过的女生里少数不涂指甲油的，但指甲依然光泽透亮。

我让她多少吃点，她勉强喝了两口粥，然后解释道 ：“其实我海鲜过敏，这两样是大忌。”然后把所有海鲜让给我。

“对不起。”贝壳低着头觉得自责，想办法弥补，又说，“我去看看还有什么吃的，给你打两个鸡蛋。”

“没关系，不用管我。”她保持端庄的笑容，见我担忧，她又起身站到冰箱前，“介意我借用你们家厨房吗？”

“当然不。”

她把头发扎起来，露出尖额头，系上方格围裙，让我第一次觉得她是平易近人的。更在意料之外的是，她在短短时间内用冰箱里仅有的鸡蛋做出了五六种花样早餐，煎蛋饼、日式玉子烧、蒸水蛋、热布丁……

她端着盘子摆开在桌子上的那一瞬，阳光照着她明亮动人的面庞，像一把闪闪发光的匕首，我想这世界上的所有人面对乔薇的柔软都毫无抵抗力。

“其实你可以留下来和我们一起住，家里油汀很暖，我们打地铺没关系的。”我提着一口气，眼神闪烁，“这里可能比不上郑亚仁东海的房子宽敞，不过住一住你或许会喜欢这种老房子里的烟火气。”

“房费我之后一并付你。”乔薇打开她的零钱包，只剩下几颗孤独的硬币在相互冰冷地撞击，“昨天那顿饭给吃掉了。本来还有一笔现金在行李箱里，但酒店扣押了我的行李，说是得先补齐欠下的一星期的房费。”她边说边笑了出来，不得不自嘲，“又以这种落魄的方式见到你了。在你面前我永远都无地自容。”

“世界上还会有你这么傻的人吗，拿出浑身上下最后那笔钱只是为了请我吃顿饭。”

她没有无地自容。即使她像现在这样身无分文，但她也仍旧不卑不亢地站在我面前。那个瞬间我没有办法判断收留她这个决定的对错，我不知道这是引狼入室还是惹火烧身，但我没办法眼睁睁看着她流落街头——虽然她没有和我提起过任何关于自己窘迫的处境，但我一眼就能看透。

这个家里第一次有了女人味。她没有多余的行李，甚至没有化妆品和香水。但每当洗完澡，她穿着我宽大的运动衣，赤脚踩着冰凉的地面，站在阳台上吹干头发，身上自然而然散发出来的味道，罕见而迷人，像是薄荷泡在水里的清香，又像是柠檬片，让这个窄窄的空间和从前有了区别。

除了18岁以前和母亲一起生活，我就没有再和其他女人有这么近距离的接触了。她的存在让我无时无刻不谨慎小心——我害怕自己举手投足哪一个不经意的动作在乔薇面前露了怯，让她觉得我不够好。

我也不知道自己为什么要有这样毫无必要的担心，可我忍不住，就像雄孔雀忍不住要展示自己漂亮的羽毛那样。

她太特别了，特别到我对自己都浑然不知，我以为自己可以表现得不露痕迹，直到贝壳告诉我，我每天都如临大敌一样紧张而不自然，说起话来别扭而繁复。

我像是学生时代考试一样，不能太差劲，也不许太拔尖——我不想被众目睽睽注意到，但又希望自己是人们心中独一无二的那一个。也可能不是所有人，而是特定的，和我同类的那个。

我愿意心只属于她。但她却属于所有人。

“像你这样的人，是不是一出生就知道自己注定要颠倒众生。”

“我只希望自己这辈子不用再颠沛流离。”她露出微笑，往杯子里投掷冰块，稀释烈酒。她早餐会喝一点白兰地，吃一颗除掉蛋黄的鸡蛋，维持一整天的热量。

日落前，她会在街角买一份当天的报纸，然后坐在餐桌边看似漫无目的地翻找，如果一连几天的新闻都提不起她什么兴趣，报纸就没有任何保留的必要，被她折起来随手扔进垃圾桶里销毁。除了某一次，我看到她对着一条无关紧要的信息端详了很久，那上面无非是几个领导人的会晤和考察，对于一个不太关心时政新闻的我来说，上面的几组名字，无疑天书，但她却盯着那短短几行字定了神。

我忍不住问她，是不是杂志的事情让她为难了，担心报纸上有一些流言蜚语。

她迅速地将报纸翻面掩盖过去，若无其事地告诉我，聊胜于无。

“杂志出来后，你和郑亚仁之间，应该闹了不愉快吧。”这是我胡乱之间找的抢白。

“他给我一个栖身之所。我之前觉得他是我唯一的救命稻草，现在看来，那可能只是一个绝命牢笼。”她语气戏谑，“你阴差阳错解救了我。”

“可能我是上天派来救你于水火的。”

这句话脱口而出后，我突然有些心虚，尤其在和她对望的一刹那，我总觉得从她眼神里读出了什么，那谜一样的双眼，就像万花筒，乱花浅草，无从下手——她早就记得是我，那个曾经对她见死不救的人。而现在她故意接近我，对我示好，只是为了利用我报复我吗？还是另有所图？

我罪无可恕。

猜忌和怀疑都太沉重了，我宁愿无知。

出太阳的时候我们会去逛旧货市场。像一对并不默契的新婚夫妻，边挑选，边询问对方的意见。站在中古家具店里，那些漂洋过海的北欧老物件，60 年代的瑞典边柜，80 年代的丹麦沙发，都有一种超越时间的美。我想从那些玫瑰木的老旧味道里嗅出前主人的故事，油亮秘书柜上的浅浅刮痕，像是一台沉重的黑胶唱片机所遗留；而乔薇随手拿起一对 Art Deco 风格的吊坠耳环戴上，衬出尖尖下巴，和尖头高跟鞋，仿佛一场从美国爵士年代穿越而来的华丽冒险。

她穿梭在这些古董里，优雅动人，我想抓住她的手，直奔《午夜巴黎》参加那场“流动的盛宴”。但最后我也只敢站在她身后静默端详她，只在离开时把那面硕大的铜边椭圆全身镜带走。

镜子里仿佛另一个时空的我。我看见那里面的我莽撞、粗鲁却也自信、笃定，去帮她拉上后背长裙露出的那截拉链，却不小心扯断。我看见镜子中乔薇在遥遥和我对视，目不转睛地看着彼此逐渐虚焦的脸。我看见那天在玉兰树下我们无限接近的那个吻，鼻息的温度交融，在冬天冒着热气。

爱情什么时候最美啊，暧昧、含混不清，觉得彼此无限接近却又不敢向前的那一刻，最让人心乱情迷。

不想打破这种无限接近的时刻。

宁愿缄默。

两个人无处可去时，就把屋里的窗帘拉紧，两个人蜷在沙发上闷头看一整个下午的电影。费里尼的《卡比利亚之夜》看了三遍。她自嘲是天涯孤女，情路坎坷。我说自己还无缘坎坷呢，更无缘爱情。

油汀偶尔使不上劲儿了，她就懒着一动不动，轻倚在我肩上，毫无重量，像一根单薄的羽毛，穿着我宽大的衣服，盘腿坐在沙发上，宛若少女。我忍住没伸手将她揽入怀中，没有肌肤之亲，而是静静看着她。只有在这种沮丧时刻，她的眉眼才会卸下骄傲和锋利。恍惚间走了神的哀伤。

亦幻亦真。似有若无。

真正的情感总是蒙了一层面纱，一旦表达出来，就会变得虚假。

11

我没有对她问出口。安安心心和她共处一段平静时光，对我来说或许是一种救赎。但这种救赎却也是一种自我折磨。离她越近，越无力招架。

乔薇每天的作息都很规律。她说这间屋子让她回想起刚刚出来拍戏的时候，连失眠都是奢侈的，必须得睡饱了觉，出去战斗。遇到许先生前，她对自己的人生一无所知，灰暗得像一缸死水，毫无希望。

那时候她会收到好多剧组的试镜通知，一开始还会精心化个妆，从衣柜里翻出最好看的衣服，后来挤在试镜房间里，和几十上百号人去争取一个微不足道的角色，她就在镜头面前怯了场。她经常照着台本演到一半，走了神，嘴变得笨拙，自顾自就离开了现场。

她连一天艺校也没有念过。她也不知道自己为什么会想要去镜头面前。但有时候，凝视着镜头，她会看到一双眼睛，在和自己对话。

镜头似乎在告诉她：你要恰如其分地活着。

是啊，恰如其分。人从来没有办法决定什么。你的出生和来历，你的亲人，你身处的环境，你争取过后的结果。

乔微好希望自己的人生像是许先生给她包装出来的那样，得来全不费功夫。而只有她自己知道，命运和她非亲非故，别说眷顾她了，没有狠狠把她摔在深渊里以致死无葬身之地，能让她有喘息的余地，就已经施了恩慈。

所有一切，来之不易。

所有一切，要毁就毁得干净利落。

立冬那天，贝壳亲手包了饺子，我从二手市场扛了个“小太阳”回来，它嘎吱嘎吱转着脑袋，冒着热风。上海又湿又冷，没有暖气，我想让屋里再暖和一点，多点家的味道。我满心期待她的夸奖，或者她淡淡的笑靥。

但她消失了一整个晚上。电话关机。无影无踪。

等她再次出现的时候，已经是第二天中午了。她换了一身绒毛大衣，拎着一整个手提箱的现金放在桌子上。像是什么事情也没有发生一样。

“谢谢你们这阵子对我的照顾。”她从口袋里摸出一个信封递给我，里面是一沓钱，和一份皱巴巴的文件。

“我这里不是旅馆。你不需要付我钱。”

“这是我欠你的。”

“你没欠过我，是我欠你。”

乔薇愣了愣，继续说：“这是在华季酒店取许先生干洗大衣时从衣服内侧口袋里翻出来的。他们跟了我这么久，就为了这个东西。”

第一张单据来自华成运输，是一份进出口贸易的海关单据影印件，日期是三年前的九月，正值乔薇的巡回演唱会上海站，许先生失踪前后。“货物”一栏里写着编织毯和布料，是乔薇演唱会需要的特殊道具，但因为运输时间出现了误差，没有赶上演唱会，这批货物就不知所踪了。乔薇唯一的线索就是东海码头，曾经想找机会去接近，但被郑亚仁看得太紧，找不到机会下手。后来才设计了那一出戏，引开郑亚仁，找出许先生的账本。而这个账本里，完完整整记录了所有货源信息，包括最后那一次的编织毯和布料，但那批布料里究竟藏着什么，无人知晓。

“这个账本有多重要，我不知道，但你不辞而别，消失了一天一夜没回来，现在说走就走，在你眼里，我就是个彻彻底底的白痴吧？”厨房里是贝壳在炒菜，旺火爆炒声响如雷，搅得我整个人心烦意乱，“我自作多情，自取其辱，自讨苦吃……所有一切都是我自找的，我活该！你满意了吧？”

“决明，等你情绪稳定了，我们再继续聊。”乔薇的冷静触怒我了。

“我情绪稳定？乔薇你够了！我们之间究竟算什么啊？你在玩儿我吗？想来就来想走就走，我们连朋友都算不上吧？哪怕一丁点儿，你都从来没有把我放在心上过。从一开始就对我满嘴谎话连篇，我真不该相信你！”我把所有积压的怒火倾泻而出。

乔微没有立刻说话，她径直走进书房，从抽屉里拿出一沓报纸，平铺在我面前，问我："什么算信任？你觉得我不信任你，那这就是你对我的信任吗？我们没有认识的时候，你要采访我，翻查我的资料，无可厚非。但是我住在这里，你每天监视我的一举一动，把我碰过的东西、扔掉的报纸又原封不动收了回来。还有这些，许先生案件的资料，你处心积虑收集了这么多，不就是想知道真相吗？”

“对不起，就此停住。你什么也别说了，你走吧，我不想知道，我一点也不想知道。”

“许先生是我杀的，也是我找人把他灌进泥浆扔进海里的。”

“你走！别说了！”

我的嘴唇颤抖，甚至比她还要紧张，我试图阻止她把真相再次讲述出来，那些赤裸裸的词语，让人反胃。但还是被从厨房推开门的贝壳听得一清二楚。

他把热气腾腾的砂锅端出来时，乔微正在回忆许先生死亡时的样子。像是录音机卡带了一样，我们僵持在这里。贝壳将手中的砂锅放下，滚烫的汤汁仍在沸腾，他慌乱又手足无措，想去倒带，想用手指去把磁带拖拽出来的长条卷回去，想弥补挽回什么。

“现在你可以选择报警把我抓起来，也可以把我送到警局自首，我都乐意奉陪。”乔薇把两只手拢在一起伸过来，递到我面前。

我们三个人凝滞在空气里。我从口袋里拿出一支 GITANES，点燃，深吸了一口。吐在玻璃窗上，朦胧一片。我下意识地用手指轻触在上面，划了一个“W”。把自己给吓到了。我把薄雾整个抹掉，一干二净。

“贝壳，你去楼下便利店好吗，给我们二十分钟时间。”

该面对的迟早要面对，不是吗？

贝壳轻手轻脚地离开。而我望向乔微，低着头，半天憋不出一句话。

直到砂锅粥的热气渐渐消散，我才逼自己挤出一句话——

“对不起程微微，是我害你变成这样的。我愿意承担所有。”

“程微微”三个字，久远而又令人惶恐。

但她不动声色地接过了话：“我说过的，你没有亏欠我什么。”

“但我心里过意不去。如果当初我不那么窝囊……”

“哪有那么多如果呀。如果这世间所有的巧合都是人为。那么我和你的相识也许是早就安排好的吧。我不知道。”

“你一开始就知道我是谁了，是吗？包括十几年前的那件事情。”我咽了下口水，“那我们之前的感情，有过那么一点点真实的瞬间吗？”

“什么是真实，什么又是谎言呢？我们有时候连自己都分不清，又怎么能分得清真假呢？”

“对不起。”

“你不用一直说对不起。”

“但我想知道怎么才能弥补你。我知道这件事情对你构成的伤害我无论如何也挽回不了。但我还是很自私地希望，可以为你做些什么，救赎我自己。”

乔薇把铺开的报纸又一张一张折了回去，徐徐道："你其实早就该猜到的吧，我这次回来的目的，是想见一个人。"

"是谁？"我在脑海里迅速搜寻了一遍，毫无线索。

"如果要说起这个人，那有太多的故事要讲了。但你知道的，我最不擅长讲故事了，也不擅长回忆。我只想直截了当地见到他，但我现在只能从这里远远看他。可笑吗？"

她用手指敲了敲报纸上一个名字。

"成军？"我愣了愣。当年《雷蒙德》是借壳办刊，挂靠在国家重要部门，是雷鸣找成军办下来的关系。那会儿成军还是那个部门的老领导，后来调到上头身居高位，就再也没有出现在公众面前了。

原来乔薇每天留心报纸的信息，是为了找他。

"我从来没见过他，就算是雷鸣，现在要见他一面，也不太容易了。我能怎么帮你？"

"我想要拿到《雷蒙德》的经营权。"

"你是让我出卖雷鸣？"

"怎么能算是出卖呢？以《雷蒙德》现在的情况，能找到人接手，就算万事大吉了。顺水推舟，对彼此都好。"

"非得是《雷蒙德》吗，乔薇？你想要其他什么我都可以帮你，为你拿命去搏。唯独这件事情，我办不到。"

"你会帮我的。不是我非要逼你，而是有些事情，从一开始踏进去，就注定了无路可退。"乔薇对我露出微笑，就像我们第一次见面一样，她的笑又干净又邪恶，令我捉摸不透。

她留下了一笔钱给我，还有那张海关特批单据的影印件。我能从中辨认出那个潦草的字迹，是成军。

为什么非要找到他不可？乔薇没有告诉我。当然，我想她也不会告诉我。或许她从来就没打算和我坦白什么。哪怕我以为，我们曾经离得这么近。

我的脑袋嗡嗡作响。唯一记得的事情，是她离开前转过身对我说的最后一句："决明，谢谢你的收留，在这里我很快乐。"

愈堕落愈快乐。愈快乐愈悲伤。

我知道，这场突如其来的愧疚或爱，已经让我陷入万劫不复了。我仍旧像中了邪，大路朝天，各走一边。我却非要挤入窄门。

所有的灾难都要回到最初的地方去探寻，知道症结所在，问题才能迎刃而解，不是吗？

11

告诉贝壳这个决定的时候，贝壳反复问了我三遍：“你真的想清楚了吗？”

我要回一趟南方，滨城。

是的。确定。别无选择。

“希望你不是在逃避什么。”

或许吧。我没有回答他，我自己都琢磨不透，这个问题是无解的。

是在逃避爱吗？我反问自己。

爱太复杂，常常在已经结束之后，感觉到它的余温，我们才愿意相信它是真的来过。它无法自证，就像一场白日焰火，你期待能看清它的全貌，可它在最高处时，就已在往下坠落，等你回过神来，只能捕捉到它四散时的那点尾音，融在那层巨幕之中，一片浑浊。

所有一切都像是没发生一样。可能我所有的爱，都像沸腾的气泡，在最触手可及的时候没有握住，一溜烟，没了影。

人生唯一能握得住的东西，只有过往。那乔薇的过去呢，又是怎么样的？我们曾经生活在同一个时空，却像两条平行线，没有交集。

就像我们都来自南方。但南方和南方，似乎是不太一样的地方。

闽浙交界有支离破碎的山河，波澜壮阔的峡湾。我从前只觉得滨城是个破败凋零的城市，不了解这里土地贫瘠无处开垦、大批民众躲在集装箱里漂洋过海偷渡到日本的过往。横滨的中华街，伊势佐木町，都是福清人的地盘，滨城人去得晚，歌舞伎町的案内人* 职位早已被瓜分干净，只得四处寄人篱下，在中华料理店做帮厨，或是在黑市上贩卖赃物。

我这次去滨城，没有提前和任何人打招呼。三年同窗情谊寡淡，我收过无数封同学会的邀请邮件，但我一次也没参加，久而久之，恐怕他们也忘记了我的存在。这样倒也好，省得见面寒暄，互相连恭维的话都说不利索。十多年过去了，没想到滨城的街道还是一如既往的陈旧，矮矮的蓝墙房屋，玻璃柜台垒起的小卖部，缓慢滞后得像是在上个世纪。

和健太的见面完全是出乎我意料的。

我低着头经过学校前面那个巨幅广告牌时，被一个掏出地产销售名片的高个子中年男人拦住了去路。

“风水特别好的公墓，马上开盘了。”

我没敢对视，也没有接他的名片和话，我想当作一切没发生一样

---

* 案内人：日语“导游”的意思，在歌舞伎町特指皮条客。——编者注

擦身而过，但还是被叫住了。

“决明？”

我抬头，完全没认出他来。他赶紧拍拍胸脯，说自己是健太。

实在太过遥远的名字，我十几个高中室友当中最没个性的一个。当年全寝室集体活动，我找借口不加入，他则是那种吊车尾也要跟在最末的人。在年轻气盛的校园小帮派里，要打人，他下不去手；要顶罪，他悻悻而逃；连去逛足浴城，他都提心吊胆，裤子脱到一半又赶紧给提了上来。他的脖子上有个一节手指长的刀疤，是当年混入群架逃跑时不经意替人挡的刀，阴差阳错换取了此后的信任，混得一帆风顺。

他揽着我去往附近一家酒馆，是从前我们读书时偶尔会出来聚餐的小饭店，兼营沙县小吃，其实百味俱全。我曾经喜欢的浓汤莆田打卤面，如今居然还在。那一整条夜晚出动的烧烤街，仍残留着胡椒粉和木炭的气息。这里的日子还真是慢得让人觉察不到变化。倒是健太，身型比从前要壮硕不少，不再是总比别人慢半拍的瘦长条。

“你在地产公司上班？”

“也不算，这事儿说起来就有点复杂了，嘿嘿。其实这么着，我是个公务员，市里民政部专门负责这个公墓买卖的，国家这不提倡转体改制嘛，试点单位，我们主任就挂牌办了个地产公司，自负盈亏……”

没有经验的我还是选错了寒暄的开场白。也可能是性格使然，他滔滔不绝，喝了两罐雪津啤酒，让我完全没有插嘴的余地。

等到他说完自己前前后后怎么进入这个行业的细节，终于想起来问我，这次怎么突然回滨城了。

“路过，顺道回来看看。”

他点了点头，又继续旁若无人地倾诉自己的心酸历程。那顿饭吃完，我本想就此告别，他非得拽着我去参观他们新开发的墓地，像是向我推介一处抢手的新楼盘。

“绝对不是你以前想象的那样，非常现代化，非常整洁，非常开阔，配套设施也非常齐全。”

他一连用了四个非常，让我如坐针毡。说他巧舌如簧他还差点功夫，但政府官员那种不痛不痒的谈吐倒是深得真传。我没想过这十几年健太的变化这么大，我以为长到18岁，我们的性格基本也定型了，人生大概就能看出个七七八八。谁都不想过一眼看到底的人生，但绕过再多荆棘弯道，可能前进的方向始终如一。

我看不出那块公墓和其他地方的有什么区别，一片绿地切割成无数个小方块，灰白色的大理石花岗岩墓碑林立。阳光倒是格外好，冬天也不觉得太寒冷。

“东南那一块，喏，最边上有棵假槟榔的，风水大师算过，地段非常好，要不是跟你关系铁，我可不轻易透露的，怎么样，直接拿下？”

“你也知道，我这个人随性惯了，买块墓地，束手束脚的，生生死死，可想不了这么远。”

“哎呀，那你可就错了，买墓地保值啊，人民币放在银行里，那只能是坐等贬值。我自己私底下都囤了四五块。就这势头，准长！”他见我不为所动，又拍我肩膀给我吹耳边风，“老同学，要发财，就得一起，可不能忘了谁，你说对吧！之前那个程小姐，咱们同届的，也不住滨城啊，但她就是听了我的话，买了好大一块，现在噌噌噌地涨，在家数钱都来不及。”

“哪个程小姐？”

“程微微呀！”他的眼轱辘一转，若有所思地露出一个微笑，“傍上有钱人了，现在躺着也能挣钱喽。”

“是读到一半就离开的那个吗？”

“对对对，当年满城风雨，如今嫁作商人妇，嘿，飞上枝头变凤凰了，谁能想得到呢？她每年都过来，大手笔……”

“嫁人了？”

他给我递了个眼神儿，悄声道：“我看像情妇。”

“原来她母亲葬在这儿。”

健太皱了皱眉，欲言又止。

“能带我去看看吗？”

“行啊，就是不太近，怕耽误时间。你要不在这儿先逛两圈，看看有没有合意的？”

拗不过他，只能绕着这个墓地走了一大圈，他费劲儿说了半天，我都提不起兴趣，下午四点多，他才悻悻地带着我开车到了老墓地。车子停在顶上的车库，往下看是一片斜坡，草坪被修得整整齐齐，主道两边种有深绿色的高大松柏，安详宁静，比起刚刚的新盘，显得沉稳肃穆不少。

“也有些二手墓地转卖的，地段什么的都好，就是不知道你是不是忌讳。”

我摇摇头，又问他是不是不常有人来这里。

“都是些在外头做生意的有钱人，华侨很多，有的可能好几年才回来一趟。下午我们看的那块新盘就好比是公寓楼，这儿就是别墅。地方很开阔，但基本就只剩下边边角角的了。”

我们抄小路走，沿着石头铺成的长径，一路小心翼翼，不敢惊扰。

“这就是程小姐挑的那块墓地了。”

墓碑上写的是“母亲乔雅”，照片倒是贴上了，但生卒年月都空着，很蹊跷。

我问健太是不是另有隐情，他避而不答。

等到上车回程了，他见我仍满腹疑惑，才肯透露出一点半点。

“也不怪我过问别人家事，我当时也和你一样好奇，差点被程小姐叫人给做了。好在我道上多少认识些人，被警告了一番，也没继续追究。里头埋的骨灰，我一早就看出来绝不是程小姐她妈！当年谁不知道啊，程微微她妈吸毒，瘦得跟皮包骨似的！房东不想把房子租给她们，她就把自己用过的针头在房东门口撒一地，跟疯婆子似的，毒瘾发作起来，还想把程微微卖了，程微微不愿意，她就把自己女儿咬得浑身伤痕累累，早就神志不清了！突然有天整个人失踪了，销声匿迹，程微微也跟个没事儿人一样，继续在学校里上学放学。后来不是发生了那事儿嘛，程微微就退学了，之后没多久，就去认领了一具尸体，说是她妈。后来我一打听才知道，那尸体都放那儿好几年没人认领，面目全非的，程微微随手领走，这事儿就这么了结了。那阵子正好有一批外地来的女人聚众吸毒，租了辆船在汀江上飘着，说是从缅甸搞来的海洛因，量太大，玩嗨了，一群人脱光了耳鬓厮磨，给船底砸出个大窟窿，直接淹死在水里，好几天才发现，那惨状……”

“随便认领一个人？不至于吧？”

“谁知道呢，就算是为了讹那保险费，我也做不出这事儿啊。”

健太的话让我毛骨悚然，当年的乔薇，和我一般大，十七八岁，怎么可能一个人独自扛过这么多事，想想都叫人后脊发凉。

“不过这块地，的确是风水宝地啊，要不怎么说这程小姐眼光毒辣呢，一眼相中就拍板。冲这架势，我就知道她不是一般人。”

我还是有所怀疑，于是用手机搜出了一张乔薇的照片，拿给健太看。

“你说的程小姐，是长这样吗？”

“对对，那小骚娘们儿，化成灰我都记得。”

“那她每年都回来扫墓，即使里头埋的，是一个陌生人的尸骨？”

健太双手握紧方向盘，想了想，转过头问我：“你说，有没有可能里头埋的压根儿不是什么尸骨？”

等红灯，红灯变成了绿灯，前面的车依旧不动，健太不耐烦地按了一声长喇叭。这一声，把我俩都惊醒了。

“我也是听别人说的，程小姐回这儿不是为了扫墓，她直到现在，还在打听她母亲的下落。但她几年前还开过一次棺，也不知道哪来的风俗，要捡骨再葬，把骨头塞进那么大一只皇金翁里，再埋一遍。”

他向我比画形状，大概是一只落地花瓶那么大。

“哦对了，她还会把滨城的黏土打包运回去，说是这里的土质适合做陶艺。奇奇怪怪的女人。也就是不久前的事情。”

“不久之前？”

“对呀。和她同班的那个女生，叫什么雪莹的，今年春天结了婚，新婚的那天晚上自杀了，毫无征兆。葬礼的时候程小姐回来了，送了一排花圈。阔气。”

“我记得她以前念书的时候就没什么朋友吧。”

“女生嘛，结伴上个厕所的友情，谁知道呢？”

我点点头，又问他：“你知道她在滨城还认识其他什么人吗？”

“没了，早没了，连她原先租的那个破屋子都拆迁拆掉了。”健太似乎想到什么，“不过前阵子，有个叫任小蕾的外地女人，说是来替程小姐拿东西。我就领她上殡仪馆的储物区了。”

“拿了什么？”

“遗物呗。具体什么，那就不清楚了，人家私事儿。”

“你还记得那人长什么样吗？”

健太有点不高兴，下意识动了动后视镜，问我：“你不会是对姓程的有意思吧？”

我从口袋里摸出根烟，是上次剩下的 GITANES，递过去，给健太点燃。他抽了两口，又夹在手指间瞅了两眼。

“哟，进口的，稀罕玩意儿。”他把车窗拉下来，弹了弹烟灰，“回头我调下监控，等找到了发你？”

我表示默许。

“兄弟啊，真不是我多嘴，这种女人，红颜祸水，还是少招惹为好。不过都是男人嘛，我懂。”

他邀请我晚上去喝酒，再叫上几个当年的同学去KTV唱歌，百无聊赖的生活。我推脱说晚上要赶稿，没有应允。

“大作家了，真羡慕你，到处跑跑，挺好。”

“你这公务员，铁饭碗，又兼卖地产，挣得够多啦。”我努力学着他说话的语气，也客套一番。

他哈哈大笑，摆摆手，连说哪比得上我。

我落魄孤独，形单影只，也能被当作羡慕的对象，荒谬可笑。可似乎人人都喜欢在这种虚情假意中一醉方休，不知道是为了麻痹自己，还是以此作为警醒。

辞别健太之后，我辗转打听到那个叫雪莹的女生的家庭地址，但等我找过去的时候，才发现她们家人早就搬走了。再向周围的人询问，才知道，雪莹高中毕业后就没有离开过家门，也没有上大学，更没和大家联系，同学聚会也从不出现。直到去年底家里人想办法帮她介绍对象，才找到了一个还算门当户对的丈夫，从国外回来，也文文弱弱，不太爱说话。

但没想到，雪莹还是在结婚那天自杀了，谁也不知道她自杀的原因。她的家人后来就离开了这个伤心之地。

健太说，她是程微微在滨城唯一的朋友。我本来还想向她家人了解有关程微微的事情，毕竟是朋友，高中时，总带回家见过一两次吧。但线索就此中断，我也无迹可寻。

一个人沿着小城逛了逛。

街上人寥寥无几，夜生活也寡淡无味。偶尔有巡警开着车子出来视察，也显得困倦疲惫。我绕到从前租住的小楼，突兀的灰色水泥外墙，没有糊平，疙疙瘩瘩，连月光都映照不来。招租的牌子挂了很久，还是从前那张用红色油漆书写的楷体字板，居然没怎么掉色。空荡荡的，这一个街区甚至都没几户人家亮灯，我猜，不是往外迁走，就是全家移民了。

小卖部倒是耷拉着门帘，没有要打烊的意思。我去买啤酒，用新酒精压下之前的来醒酒。一个人走上过街天桥，靠在栏杆上，喝两口就见底了，将易拉罐用手揉成团，抛下去，期待着被过往的车辆碾碎，但，眯着眼看了好一会儿，连一辆经过的都没有。

我提着装有啤酒的袋子绕来绕去，又往回走到了那幢小楼。它的外形光秃秃的，像只拔光了羽毛的老鸟，高傲地抬起头颅，单足而立，冷峻而格格不入。从前，后门的窗就没法锁紧，忘了带钥匙，或是回来晚了，我就爬窗，这次我轻轻一推，门就打开了，还是像从前那样。

我站在天台上，远眺没有万家灯火的景象，耳边只有此起彼伏水管疏通的流水声。以前用废弃的钢筋在墙面上剐蹭出的痕迹还在。人生是讽刺的。我以前希望能永远停留在一个地方不走，而现在，似乎只有从远方传来的轰鸣声，能让我打起精神。

在滨城待到第六天的时候，健太突然找到我住的招待所猛敲我的门。他说："总算帮你问到雪莹爸妈的电话了。"

我吓了一跳，从被窝里爬起来，没等我问他怎么知道我住的地方，他倒是自己拍着胸脯装阔，仿佛地头蛇："是不是想问我怎么找到你的，滨城这么大点儿地方，找一个外地人还不容易嘛。"

我将信将疑地照着上面的电话打过去，显示在日本。没想到，还真有人接了。我告诉对方，我是雪莹的高中同学，向他们表示慰问。他们迟疑了很久，小心翼翼地回了声谢谢。

等我问及他们听没听过一个叫程微微的人时，电话那端传来的声音立马就变了，他们惊慌失措地说："不知道，请别再打来了。"然后迅速挂断了电话。

后来我再怎么打过去，对方都不肯接听了。

本来只是照例询问，现在反倒让我产生了好奇。究竟程微微是个什么来历？她和雪莹之间，又藏着什么秘密？

我的恍惚神游没能让健太放松警惕。电话一挂，他立马伸手向我打了几个响指，示意我给他"消息费"。我从包里掏出四千块钱，准备递给健太，又迅速抽走三千，晃在手里。

"嘿，小子，学乖了。还知道讨价还价了。"他舔了舔嘴唇，伸手想拿。

我抽回手，告诉他："我要程微微的入学资料卡，你去学校档案馆里帮我偷出来，钱就都是你的。”

他皱了皱眉，先把到手的一千块赶紧塞进口袋里，然后击掌告诉我，成交。

当天晚上，健太大老远又跑一趟，把程微微入学时的资料给我送过来了。陈年往事记录得一清二楚：单亲家庭，母亲那栏写的是乔雅，转校生，祖籍云南。这些我都知道，和她说的没什么差别。

正当我以为就要一无所获的时候，我在她的学籍卡上，看到她小学的信息涂改了一个字——用斜杠抹去了她的姓氏。有谁会写错自己的姓呢？

我把资料卡背过来，放在灯光下看。没错，是改了。被擦掉的字是“成”。成微微。

我愣了愣。所以她之前姓成，小学以后把姓氏改了，才唤作“程微微”。既然是私生女，当然要记住自己生父的名字，才好回去认祖归宗，又有什么必要三番五次地改名字呢？

我在脑海里过了一遍。成这个姓，不多见，但我一定在哪儿见过。

是……成军吗？那个她非见不可的男人。他会是乔薇的父亲？我不知道，或许连乔薇自己都没办法确定吧，所以才充满执念。但我睁大眼凝视着她小学歪歪扭扭的字迹时，竟心生出一股毛骨悚然。

天刚亮，我就迫不及待去赶最早一班火车回上海。

健太得知我要走，硬是开车来送我，打着哈欠，开到半路，他突然丧气地嘀咕了一句，“你非走不可啊？不多待两天？”

我愣了愣，没明白他的意思。

他兀自冷笑了一下：“你是不是觉得我就是图钱啊，在你眼中是个贪财小人吧。嘿嘿。”

“没，你可别多想，你多仗义啊！”

“我这个人吧，其实挺无趣的，打小就没劲儿。跟在别人屁股后头，能躲多远躲多远。一声不吭，没存在感。不像你，读书那会儿就特显眼。现在这四海漂泊，多自由啊。”

“我那会儿多不显眼啊，什么活动也没参加过，成绩也不好，和你们大部队又格格不入的。你记岔了吧？”

健太摇摇头：“不是的，你别看那会儿大家永远一大群人声势浩大，可不就是为了人多壮胆嘛，你自个儿多逍遥自在啊，从来不理会其他人。你看你连同学聚会都从不参加，大家却都记得你。我那会儿就觉得你和我们不是一类人，还有程微微，你俩其实挺像的，冷冷地摆个臭脸在学校里，对人爱答不理。现在混得最好，在大上海，出人头地，见世面。像我，哪儿都没去过。”

“我那会儿是人生地不熟，又不会方言，融入不进去。现在是苟延残喘，勉强度日。你真是羡慕错人了。至于程微微，她倒是一直挺特别的。”

“又谦虚了。你俩从眼神就能看得出和别人不一样。真的，我挺好奇你们这类人的，好像生出来就能活得很明白似的，也不叫作早熟吧，可能是比早熟还要更通透一些。我浑浑噩噩过了小半辈子，可能是活不明白了。”

“人哪有真正活明白的时候啊。四十不惑，我怕我们真到了 40 岁的时候，还没小时候想得简单直接，弯弯绕绕，反正人活着，一个字——累。”

我俩相视一笑。

快到火车站的时候，他把车停在广场边上，拍着我的肩说：“有机会，还是要平平安安回来啊。毕竟这儿怎么说，也是你的第二故乡吧。”

“是啊。”我点点头，“后会有期，等你消息。”

“等你衣锦还乡。”

最后一眼，好像健太的油滑变得没那么讨人厌了。不知道是因为天气的缘故，还是他刚刚那番话让我一阵心酸。他的车逐渐远去，我仿佛看见十多年前，那个屁颠屁颠跟在队伍后头，使劲儿想往前面挤进去，却始终吊车尾的那个健太，仍在吃力地奔跑着。我常常觉得自己微不足道，乏善可陈。可没想到，曾经还有一双眼睛注视过我。

我和程微微真的是同一类人吗？ 我们唯一相似的就是，我们从来没放弃过掌握自己的人生吧。

临时改的行程，运气好，买到了硬卧。这个季节是旅行淡季，离假期和过年都还有一阵子，所有人都为工作忙忙碌碌，我一钻进车厢就倒头睡过去。

梦里是十万大山绵延而来的土地。甘蔗林高高耸起，风一吹，排山倒海地倾斜。绿色和绿色交织，柔软得像是天鹅绒。世界的形状无法捕捉。我的身体很轻盈，用手指可以拨开麦浪，像一万只手在躁动，抚摸，叹息。我的背紧紧抵着隔板。大片的汗，墙像泥团一样温暖，快要把我揉进去了。我挣脱出来，世界变得坚硬而棱角分明。

吴侬软语在耳旁不停传来。醒来，邻座苏沪的老姐妹还在追忆人生，抱怨从前没有狠下心把房子买了，如今儿子讨不着老婆，又嫌弃自己男人，工厂效益不好，退休金迟迟不来。翻来覆去的陈年旧事，被嚼成碎沫子，空气里弥漫着一股忧愁。

路上，我整理行李时看到母亲之前的来信。不久前，他们就辗转找到了我的联系方式，告诉我家里人决定卖掉以前祖父的老房子。

他们，是我那些关系淡薄的家人。我小时候，是和祖父以及父亲的几个兄弟三代同堂而居的，父母亲的那个房间，得有二十来年无人问津了。这几年房价涨得厉害，他们大概是想筹钱周转生意，也可能是同住一个屋檐下，矛盾重重，终于熬不住了。也好，了结了房子的事情，以后也无牵无挂了。

给那个素未谋面的堂妹打了个电话，告诉她，我决定放弃祖父留下来的房子。属于我父母的杂物，请她一并打包寄到我上海的地址。

母亲说，她所有的爱和恨，都埋葬在那里了。现在的她，心里只想要一个答案和结果。孤独是什么，就是所有人都已经放下了，你还留在原地。

我对父亲的出走早已没了执念，我不在乎他是否还惦记着我们，也不想知道他的生死。他可以在世界的任何一个角落生活得幸福美满，也可以仍旧为维持生计颠沛流离，但这一切都早已与我无关了。

我也曾在心里千万次地咒骂过，如果不是他，我们整个家就不会分崩离析，母亲也不会像从难民营里逃出的“饿狼”，带着我，誓死要找到衔有最后一块食物的父亲。

但我最后还是释怀了，他们的爱情最终沦为锈掉的齿轮，无法转动前行，却死死粘连在了一起，唯有生硬掰开，才能将一切清零重启。父亲可能已经找到了另外一块契合的齿轮，但母亲仍旧耿耿于怀，她宁愿背负着身上这坨沉重的枷锁沉沦逃亡，让机械崩塌，也不愿分离。是自欺欺人，也是自讨苦吃。

我枕着枕头，看着蓝色的窗帘轻轻翻飞晃动，玻璃被车外快速划过的枝条抽打着。一切又恢复原样了。逃到哪里都一样，世界窄得就像一张平面图纸。我觉得有些沮丧。

就在刚刚，健太给我发来一条信息，是监控室的存档。

照片里那个叫任小蕾的女人，我一眼就认出来了。卷发，文眉，厚嘴唇，还有那双眼角往天上吊的细长眼——

是 Jessica。

12

圣诞节的到来比料想得要快。倒计时两星期时，全上海的商店就都换上了红色的布景，和打折的广告片贴在一起，遥相呼应。门口那株绿色的圣诞树，除了挂满招摇热闹的小球和彩灯外，还点缀了白色雪花形状的贴片。上海的冬天几乎是不下雪的，即使下雪，也是零零碎碎，像薄薄的碎纸屑，被一群狂欢过后的学生从高高的天台一把撒下来。

回到上海那天，我绕道去杂志社收拾东西，想会一会 Jessica，旁敲侧击问她些什么。天气古怪，赶上晴空高照的好时候，淮海中路一整条街道被清理得很干净，已经扫光了冬日落叶的痕迹，像是什么也没发生过。风很冷，吹在皮肤上，让人不自觉打寒战。可太阳又分明那么暖，沿着马路一直走，没多久，衣服内里就开始冒出一层热汗。

我以为《雷蒙德》现在会是一盘散沙，可没想到，办公室里所有人都在井然有序有条不紊地推进工作。纸质杂志并没有停刊，而电子版，也专门另辟一个新部门在运营。年底十分忙碌，商务部在为明年的广告预算框架焦头烂额，反倒是内容部的人胸有成竹，选题会连开了好几天，定了下一个季度的大方向，就等着最上面的人拍板。

唯独 Jessica 像是消失了一样，自始至终都没有出现。我和她之间的账还没算清，她倒是撇得一干二净。给她打电话，也无人接听。她像是一个躲在人们身后的幽灵，窥视着一切，摆弄所有人，却始终不露面。

Jessica 不在，她的副手 Nicole 狐假虎威，在公司里传递圣旨，排兵布阵，要在圣诞季做一场大型活动。我问她 Jessica 的下落，她支支吾吾，一边客气地催我下个月的专栏，一边又八卦我和乔薇的关系。

"你的大名，可一下子在圈内传开了呢。能搞定乔薇，还写了这么精彩的专访，真不容易呀。"

"没有 Jessica 的点睛之笔，把郑亚仁暴力倾向的新闻发出来，还曝光乔薇的隐私，又怎么会有这样的效果，让我骑虎难下，众人围观。我哪敢邀功，她才是最应该被万人景仰的那个吧，现在躲着不出来，倒还挺低调，不太像她的作风。"

我的话显然让 Nicole 难堪了，她半天找不到话打圆场，只能说："你现在要找 Jessica，我是真帮不了你。但圣诞那天的发布会，Jessica 一定会来。"

她随手从桌上拿一张邀请函递给我。我折起收下，告诉她："你转告 Jessica，嗯，不对，是任小蕾，圣诞节不见不散。"

从公司回家的路上，我越想越不对劲，现在这两个女人一同消失，让我无处可查。我既被动，又处境尴尬。当初 Jessica 找到我，先是以母亲要挟我，又暗示知道我父亲的下落，最后让我去亲近乔薇，难道只是为了套出许先生的死吗？究竟是 Jessica 设计了一切，让我和乔薇相遇，还是乔薇规划好所有？

我不知道。反正从一开始，我就是任人摆布的棋子。

一筹莫展的时候，贝壳又打电话催促我，说是收到两大箱包裹，堵在门口进不来，要我尽快赶回。

是从老家寄来的杂物。他们还假模假样地给我写了封信，信上说，叶落归根，希望我什么时候想通了，带母亲一起回来，家里虽然房子卖掉了，但兄弟姐妹都在，随时回来，随时欢迎。随信附了一张声明书，证明是我自愿放弃了祖父的遗产，让我签字寄回。

我和贝壳卡在门口，拆了箱子，把里面的东西一个个拿出来。都是 90 年代的老古董了，落了灰，脏兮兮的。空掉的雪花膏盒子，双喜乒乓球拍，万花筒，铁皮青蛙玩具，自己缝的沙包布袋，已经松垮的健美裤，老式缝纫机，跳棋，月饼盒……还有一小包底片，里面是我们一家三口唯一的合照，在照相馆拍的，背景板是星光舞台，母亲抱着两岁大的我，她留着邓丽君式的卷发，父亲西装笔挺地站立一旁，摆出模范家长的微笑。

那时候摄影师要求的笑脸嘴角都是一个弧度，好像害怕不经意一皱眉就露出生活的破绽似的，谁也分不清什么时候是真情流露，什么时候是虚情假意。

这底片讽刺得让我不禁质疑，那几年我们融洽的一家三口的生活，是真的存在过吗？还是从头到尾都是一场精心设计的表演。一个为了折磨彼此，一个时刻想逃离对方，而我被制造出来，只在他们之间充当可有可无的泄愤的舞台道具。

都是旧世界的老物件了，就像所有丢失在沙发背后的东西理应消失掉一样，它们也不应该出现了。但现在，满满当当两个箱子从另一个时空扑通掉到我面前，让我措手不及。

我一件一件拿出来，用毛巾擦干净，但屋里实在腾不出地方了，便只好又放回箱子里。贝壳来帮我清理，他拿起一包过期很多年的越南绿豆糕端详了很久，我把包装袋提起来，有些感慨。

“我小时候不爱吃饭，就喜欢吃这个。每次我妈都要跑到很远的街上，去一个专门卖东南亚食品的小商店买。”

“幸福啊。”

“可惜过期了。”

贝壳还是忍不住把绿豆糕打开，想要取出其中一块，没想到碎成了粉末，变成毫无意义的陈年灰烬。

我喜欢这样毫无保留连形状都不剩下的告别方式。很残酷，但就像我们的人生。

“以前我妈，什么东西都舍不得丢掉，可口可乐的瓶子，糖果包装纸，旧衣服，报纸……她总觉得，这些东西裁剪裁剪，或许可以当装饰；有感情的物件，留下来，也能当个念想。你知道，我们全家住在香港不到三十平方米的公屋，家里像是杂货堆一样，乱七八糟，寸步难行。有一天，我实在忍不下去了，一口气把这些东西全清掉了。我妈回来，就坐在那个空荡荡的房间里，我第一次看清地板的颜色，是黑白斜纹的马赛克瓷砖。她憋着口气，没训斥我，自己站在垃圾池边，看着垃圾车把那些东西运走，一切都结束了。”

“后来你没再回去过？”

“是的。”

“想过哪一天要离开上海吗？”

贝壳摇摇头。

“你喜欢上海吗？”

“对我来说，上海足够远，足够大，足够近，也足够小。”

“是啊，这是它的迷人之处。”

“你呢？”

“你会有这样的错觉吗？以为自己能无限靠近，但其实遥不可及。上海应该不属于像我这样的人，这座城市每天都发生着厮杀，我没有这个竞争力，但好处是，这样我就可以不用找任何借口，心安理得地赖在这里，一直赖下去。”

贝壳从那堆旧物里又拿出一个挂历本。

封面是瞿颖，那会儿她刚拍完张艺谋的《有话好好说》，短发浓眉，神似王菲。翻开后是关之琳、张敏和王祖贤，最后面那张是《青蛇》里张曼玉的剧照——一代香港绝色，现在统统息影。中间混杂着几个不太知名的模特——可能是曾经红过，但很快就被人遗忘的那种。但很明显缺了八月份那张，残余的边角猜不出颜色，有明显的撕痕，其他张却完好无损。

贝壳好奇撕掉的这张被拿去做什么了，挂历女郎是谁。

他问我，让我努力回忆往事。我哪记得清这样一张20年前挂历的细枝末节，但我不停地翻着这个挂历本的时候，却觉得莫名地熟悉。

是乔雅！对，那天晚上在东海，我和乔薇聊天的时候，她把她母亲的照片拿给我看。手机里那张，就是挂历女郎。

可这千里迢迢，一张挂历，又怎么可能飞渡南北呢？或许只是巧合，毕竟类似那样的女郎挂历，家家户户都有吧。我没敢深想。我只希望下一次见到乔薇时，能把这一切的一切，都问得清清楚楚。如果她愿意坦诚相待的话。

只是我怎么也没想到，这个理应用尽心思规划的见面，来得这么仓促而直接。

圣诞节那天下了淅淅沥沥的雨。发布会定在香格里拉酒店，现场车水马龙，我和贝壳穿过重重安检和人海，终于到了场地内。阵仗不小，包了最大的宴会厅，场地的设计别出心裁，两边是海报和历年模特的经典造型，椅子排成圆弧形，像一方展开的裙摆。最外面一层，是穿着统一制服的明星后援会的成员举着横幅和灯牌。

直到我抵达现场才发现，这次发布会的主题，除了《雷蒙德》杂志转为线上刊物，其实最主要的是乔薇宣布复出，并和《雷蒙德》刚收购的一家日本服装品牌联名设计。

乔薇好几年没有任何消息和曝光了，还能一下子召集这么多人，实属不易。

距离发布会预定的开始时间过去了半个小时，乔薇才姗姗来迟。现场一度陷入混乱，乱哄哄，你方唱罢我登场。我远远看着她——随意把头发盘起，穿了一袭红黑无袖长裙，露出一双透明绷带拖鞋，脸颊比之前消瘦了不少。

大屏幕上回顾了她过去几年的作品，音乐和电影里的她，出挑迷人。一阵安静过后，主持人宣布了她的复出计划，她将和日本合作创立自己的服装品牌，她身上的这条裙子就是出于自己的设计，之后品牌方会安排一场专门的走秀，展示所有产品款式。

台下热闹喧嚣，摄像机、闪光灯、荧光棒，围绕着她。不时有粉丝试图冲出安全栏呐喊着向她献花表白，被保安一一拦下。聚光灯打在乔薇干净的脸上，她仍旧冷漠寡言，全程只说了六个字：谢谢你们能来。

间奏放了她息影前的最后一张专辑《月》，天花板投射出一片幽暗星空。那些举着巨幅海报的男男女女眼眶湿润，仿佛陪伴她走过了很长一段路。她隔着人群看见了我，漆黑中，我挪开目光，把头躲到不起眼的地方，刻意回避。

主持人接过话筒，告诉现场观众和媒体，今天还会有一位神秘嘉宾到场。

“这个人可以说是乔薇的伯乐，也是乔薇事业上的合伙人，从今天起，他将担任《雷蒙德》的主编，也将会陪伴乔薇携手一起走接下去的路。”

贝壳皱着眉，悄声问我 :“雷鸣要回来了？还是 Jessica 王婆卖瓜呀。对了，今天她怎么没来。”

我摇摇头，不清楚状况。的确，从入场到现在，都没见到 Jessica。

“看到了吗？那里，雷鸣在那儿呢！”贝壳扫视全场，揪住我，指着身后那个大腹便便的男人。是雷鸣。好久不见，我转过身向他招了招手。

所有人都静静等着主持人口中的这个神秘嘉宾出场，唯独乔薇冷漠地站在舞台上接过礼仪小姐递上的红酒杯，不等相碰，一饮而尽。灯光再次打开时，聚光灯突然射在我的脸上。

舞台中间的乔薇接过话筒，凝视着我说 :“谢谢你决明，谢谢你愿意答应我担任《雷蒙德》的主编，让我有足够的勇气复出。”

耳边是轰鸣的掌声，让我一瞬间恍然。

我被推搡着走上台，被灌下主持人递过来的红酒。头晕目眩。直到我看见雷鸣的眼睛，彼此对视时，内心涌上一股强烈的惶恐不安。

“谢谢你能来。”还没散场，乔薇就拉着我在楼道里吸烟。主持人照本宣科地讲解乔薇和杂志合作的细节，以及服装品牌的风格。

“这就是你对我所有的感谢吗？逼我陷入不仁不义的境地。”

“是不是和买彩票开奖一样刺激。”

“你真的很喜欢捉弄人，我看见你第一眼，就被你整得团团转。”

“裙子漂亮吗？”她丝毫没有在意我在生气。

“挺好的。我没什么眼光，不太懂欣赏，但是你穿着很好看。之前没听你说过原来你还喜欢设计。”

“小时候的愿望了。哪个小女孩不喜欢给芭比娃娃设计衣服穿呀。”

“反正，恭喜你愿望达成。”

“没有你的帮忙，离达成还远着呢。”

“我？我帮不了你什么吧，你押宝押错人了。”

“谁说的。最起码，你会帮我搞定媒体的，对吧？”

我耸耸肩：“我猜，你这么费尽心思要拿下《雷蒙德》，是为了成军吧？他是你什么人？我记得你曾经姓程，他也姓成，挺巧合的。”

“我换过十个名字，说不定我还跟你姓过同一个姓呢，我妈哪天心血来潮，或者瞟一眼旁边睡的那个男人姓什么，就随手给我取了。”

我盯着她眼睛，见她处变不惊，故意打岔道：“我前阵子回了趟滨城。家里又给我寄来了一些旧物，里面正好有一个挂历，都是当年的明星和模特，可惜中间缺了一页，我记得你给我看过你母亲乔雅的照片，也是一张挂历吧。”

“没错。这是她临走前给我留下的唯一照片了。”

“是从她手上留下给你的吗，还是其他什么人呢？比如……”

“决明，有这么多的巧合了，再多一个，也不奇怪吧。”

“也是。”我拍了拍衣服上的灰，“有时候我宁可这些巧合都是人为的，好歹有迹可循，而不是大海捞针。但你说，如果这一切都是人为的，能在背后操纵这一切的人，得有多聪明。”

“那得问上帝了。谁的命不得他来定呢？”乔薇望向我，吐了口烟气，不小心触发了报警器。她突然笑了，打起了精神，我们两个往安全通道一通小跑，一层一层地下楼去。出了香格里拉酒店的大厅，她把烟头踩灭，差点儿把拖鞋烫出个窟窿。绕到后门，雨水沿着屋檐散落一地。乔薇伸出手拦车。街上的车行驶得很缓慢，雨刮在车玻璃前来回扫动，光和影子纠缠，像海浪湮灭沉船触礁。

“这么冷的天，你也不多穿点。”我上下打量她，露出的脚趾头涂上了红色的指甲油。除此之外，从脖子上的项圈，手臂的腕带，到半边裙摆，都是她喜欢的红色。我脱下外套给她披上，她的手臂已经冻得像两根玉石，毫无知觉。

我们上了车，她让司机往外滩开。问她去哪儿，她想了想告诉我，她知道一个有露台的酒吧，在露台上可以看到环绕的黄浦江，雨天很美，可以清晰地看到水的流动，和光的曲折。

堵车，事先就料到的。下班高峰期，高架桥上下都挤满了车，大排长龙。乔薇把车窗摇下来，把手伸出去，雨好像小了些，上海的夜晚逐渐亮出光怪陆离的一面来。

“你知道吗，我小时候从来不敢伸手去碰雨水。我在南方一个工业城市长大，一到夏天，就有无穷无尽的酸雨。那时候我每天要经过一座老旧的石桥去上学，撑着伞来来回回，总是没多久，伞骨上就生了锈，泥黄色，癣疵一样密密麻麻，刮下去很快又会再出现。母亲说那是因为酸雨。酸雨落在头顶上，头发就会落得一干二净。我吓坏了，每次下雨都紧握着伞，生怕自己淋到一点。后来我才知道，我们那座城市的工厂早就拆得七七八八了，所谓的酸雨，也只存在在她们那一代人的记忆里。

“南方夏天热，被雨浇过，地面也还是烫的，但有一阵焖锅的气味，好闻。我就喜欢光着脚踩在将干未干的地面，像是有一股地热涌上来，很舒服。”

“那是八月份吧，荷花都谢了，雷阵雨，总是下一会儿停一会儿，有时空响雷，雨不来，倒让人提心吊胆。”

“对，八月要吃莲子、苦瓜、百合，都有怪味，祛火清热，我妈按着我脖子让我非吃不可。简直比吃药还难熬。”

“就着粥吃会好很多，清清淡淡。大雨天，厨房里开个小火，拎只砂锅熬粥，打发时间。”

“是我的话，守在炉子前，肯定要昏睡过去了。”

我转过头，看见乔薇头抵靠着窗，玻璃露出半截缝隙，雨丝飘忽不定，出租车上下起伏，一颤一颤，走走停停，让人打不起精神。看得出她很疲惫，扭个身子，一沾靠枕，就睡过去了。

她的呼吸很轻，我凑近，帮她把压在脸上的头发拨开，露出尖尖的下巴。

游轮发出呜呜的低鸣，沿着黄浦江溯流而上，水花和马达的突突声让船身耀武扬威似的，显得不近人情。岸两边是万国风情建筑和拔地而起的明珠塔，它从中间横穿而过，是群星闪耀中的那一颗流星。

乔薇向调酒师要最烈的酒，两只威士忌杯里倒进珍藏许久近乎停产的绿方。

爵士乐。背景音乐是比尔·艾文斯的《然而，很美》。音乐在试图挑起情欲，像往七八十度的热水里投进冰块，又迅速温暾下去。

露台上没有人，冬天太冷，又下着雨。乔薇让服务生撑开酒红色的罗马伞，我们靠在围栏上，慢慢地喝酒，酒会让我们燥热起来。在这个360° 的观景台可以看清大半个上海，陆家嘴，和平饭店，黄浦公园，游船码头。

威士忌酒浓烈如火焰，从舌尖一路烫到喉咙，在腹中打转。认识乔薇这些日子是我这辈子喝酒最多的一段时间。从前害怕酒后吐真言，现在担心两个人咫尺天涯，无话可说。酒能壮胆，能让我们不在弯弯绕绕上停留太久，能多说些心底话，推心置腹。

我们两个都是那种无父无母无亲无故连朋友都少得可怜的人，时时刻刻的戒备心抵消了所有爱的冲动。小半辈子，都在狭隘的死胡同里原地打滚，进退维谷。我们可能需要一座引领我们走出去的灯塔，但我们总是在扮演灯塔，发出自以为是的微光，那种冷得刺目的光，其实照耀不了谁，只照出自己的遍体鳞伤。

我喜欢看雨珠滚落在她的肩上，凝成一颗饱满的球，又悄然滑落的瞬间，那里映着整个外滩。我凝视着她的锁骨，她修长的脖子，她从眉间拔起的鼻梁，她下嘴唇上那枚微小的痣。

酒精让我的视线出现了虚焦，她的轮廓在晃动，我努力去集中，找到其中一个聚点。

“滨城很美，我很喜欢这个地方。听说能看到海，我在那里待了两年，可惜没有机会看到。”

“翻过一座山头倒是有海，但那是另一座城了。其实很荒芜。”

“庆祝我们他乡遇故知，也庆祝你成为主编。”

“你们都喜欢赶鸭子上架。当初雷鸣逼我去找你。现在你逼我接替他。”

她微笑着和我碰杯。也不知道这一刻是强颜欢笑，还是苦中作乐。

“那 Jessica 呢，她今天为什么没有来？”

“他们没有告诉你吗？”乔薇镇定地咽下一口酒，“Jessica 涉嫌经济犯罪被带回去接受调查了。”

“经济犯罪？什么时候的事？”

“就在发布会之前，我接到电话，有内部人员举报，听说是拿出了关键性的证据，基本坐实了。但还不知道爆料人是谁。可惜 Jessica 筹划了这么久，也没有机会看到《雷蒙德》这么辉煌的时刻。”

“雷鸣呢？雷鸣知道吗？”

乔薇摇摇头：“他早不知消失到哪里去了，哪还有心思管这些事情。你不会是怀疑雷鸣吧？”

“怎么可能！雷鸣和 Jessica 这么多年的情分。”

“情分？在利益面前，男女之间有真的情分在吗？如果真有情分在，Jessica 就不至于偷天换日把雷鸣的位置给挤掉。”

我被呛得哑口无言，但至少，我不相信雷鸣是这样的人。

这场雨丝毫没有要停下来的迹象。露台上的罗马伞已经招架不住这突如其来的风了。

我们谁也没应付过这样的场面。所有人都像站在油锅边缘的蚂蚁，提心吊胆寸步难行。香港广场32层的办公大厅从凌晨到破晓短短几个小时就人满为患，堵在玻璃门前的不是什么亲友故人，也不是来追悼怀念的，而是一群趁火打劫的饿狼。人人都想在杂志垮台前趁早分一杯羹，往回捞点好处，以此减少损失。

那些如饥似渴的八卦记者，和虎视眈眈的品牌赞助商一样，敲击着落地大玻璃，咄咄逼人，咚咚咚的声音，既像是奔丧，又像是来贴催命符，把在屋里连夜加班的同事震得心都要碎了。大堂里那株圣诞树上悬挂的包装礼盒被洗劫一空，树枝被拨弄得东倒西歪，绿色的支离破碎，红色的也血淋淋。

树倒猢狲散，办公大厅像战事告急的后方大本营，大家都乱了阵脚。Jessica在任时签的所有框架协议，一夜之间全都成为废纸，统统不作数了——合同里白纸黑字，她早就动过手脚标明，负责人必须是Jessica。合同后那些巨额的广告款不翼而飞，公司财产所剩无几，Jessica的私人账户也早被冻结查封。如今人刚走茶还没凉，追债的就都堵上门来了，刻不容缓。

13

谁也不知道雷鸣的下落。他现在一定恨死我了，在这么多人面前风头被我抢尽。我连个解释的机会都没有。

贝壳说，Eddie 是雷鸣几十年的好友了，他现在无处可去，只能跑去 Eddie 那里醉酒吐露心声。我们兜兜转转了一大圈，没想到他就在十年前的原点。

果不其然，吧台老位置，Eddie 亲自替他调了杯“爱尔兰之雾”，柠檬汁和威士忌粗暴混合出的棕色。就在我从大门走向他的短短路程，雷鸣连喝了五杯。他抬眼看见是我，拉住我挨着他坐。

“给他调一杯……热情大陆，对，就是这个。”雷鸣托着下巴望向 Eddie，“当年我们一起发明这款酒的时候，决明还没来吧？”

Eddie 一手摇晃着雪克壶，一手将整排舒特酒杯摆齐。

雷鸣瞪大眼：“哦！宝刀未老！那再来一个曼哈顿，还有……Fantastic Leman！”

我知道雷鸣话里有话，刚要张嘴和他解释什么，Eddie 就端过来一杯酒冲我使眼色，示意我先不要说。

舞台上的乐手在一片白色泡沫中依旧忘情演奏，雷鸣在音律中扭动着不协调的身子。酒吧似乎重新装潢过一遍。那个玻璃搭起的透明梯台笼罩着一圈霓虹光柱，今天的主题是“复古”，所以摩肩接踵的人群里充满了各式吊诡的装束。50 年代的印花夹克、60 年代的绒球羊毛帽、70 年代的蛤蟆镜，沉浸于爵士乐举杯碎步舞蹈的老克勒，浑身贴满亮片雌雄莫辨的长发妖姬。

那杯绿色的热情大陆像是一片从手掌中蓬勃生长的热带雨林。狂奔而过的，是这个原始丛林里最充沛的雨季。我望着头顶上那盏镭射灯，想着自己曾置身其中又脱离而出的破碎时光。

一整个晚上，我都没插进去话，雷鸣和 Eddie 惺惺相惜，一个调酒一个品味儿。几十只鸡尾酒杯垒在一起，他们醉眼迷离，举动却异常清醒。

差不多凌晨一点，雷鸣觍着脸，用舌尖卷净杯中最后一滴残酒，觉得不够尽兴，双手搭在我和贝壳的肩膀上，满身酒气地竖起食指，指往路灯的方向。他说去纽曼泡桑拿，男人冬天就该泡桑拿，喝完酒就该泡桑拿，成群结队就该泡桑拿，诸事不顺就该泡桑拿。

Eddie 说他醉了，劝慰散场。他摇头，沿着人行道走直线给大家证明，却趔趄了一下差点摔跟头。Eddie 拿他没办法，都是犟脾气，舍命陪君子，去纽曼浴场。

冬天。浴池的水汽蓬勃得让人不见来时路，雾失楼台，月迷津渡，让人想入非非。我和贝壳面面相觑，站在Eddie和雷鸣的对面，对着发潮简陋的储物柜迅速脱光衣裤，一整排硕大的全身镜，我们想遮掩也无处遮掩上，光脚走到石子地板上。这水汽中的味道混杂着难以名状的情欲。用脚趾轻轻试探水温，暧昧的灯光和池水的潮热让人昏昏欲睡。我和贝壳从未来过这种场所，倒是Eddie和雷鸣，驾轻就熟。Eddie说，这可是几十年的老店了，从前门面只有一个池子大，后来一连开了好几个门面，最后，这家老店又把其他家都并掉了，成了现在这么大。

上海人原本是没有泡澡的习惯的，所以这样的浴池并不多见，后来做生意的东北人来得多了，也就时兴起来。纽曼的名头我是听过的，但一直没来过。早有耳闻里头多是垂垂老矣的老头。

那画面不是想象中清朝遗老们抽着鸦片醉生梦死的情景，地上杂乱的毛巾和此起彼伏的鼾声，让我们更明白了，这样一个地方，不是为了让人美化自己，而是让人真正的赤裸相对，在一身衰老的皮囊下仍旧享有老态龙钟的爱欲与性。

我和贝壳就像两只雏鸟不小心钻进了鹰群，贝壳把头压得低低的，跟在Eddie身后。我们四个人进了一个小池子，四十度的水温，带来一场好像高烧痊愈时的大汗淋漓。

雷鸣哼着《美国往事》的插曲，披头士乐队的《昨天》。他全身浸在水里，露出一颗脑袋，反复哼着唱：

Yesterday, all my troubles seemed so far away.

昨日，烦恼离我远去

Now it looks as though they' re here to stay.

现在却重回故地

Oh, I believe in yesterday.

哦，我怀念昨日

Suddenly, i not half the man i used to be

突然，我迷失了我自己

……

那声音时而高亢时而低回，间奏用口哨代替。头顶的微光将一切映照得迷离感伤。我的忧心忡忡惊扰了 Eddie。可能是我一个眼神的迟疑，Eddie 捕捉到了。他似有复眼，来回查探，总能轻易察觉所有人微妙的改变。

他靠在马赛克瓷砖贴起的池子边缘，揭下敷在脸上的湿毛巾，拧出一条细细的水流，在一片迷雾中望向我，徐徐说道："没什么大不了的。雷鸣可是爬过雪山的人。当年他在西藏林芝爬南迦巴瓦峰遇到雪崩，半个身子埋在雪堆里，鹰要啄他的眼，他便叫得比鹰更凶狠。如今只是随行的恶犬咬断他的腿，他没有咬回去，只是因为他知道自己毕竟还是个人。"

"这件事情中间有误会。我也没想到今天乔薇宣布的是我。"

"雷鸣不是这么小心眼的人，既然事情已经发生了，你就好好去做。

毕竟《雷蒙德》是他毕生的心血，交给你去打理，至少不会太差劲。”

“不，我从来就没有想过把《雷蒙德》据为己有。我愿意随时退出，还像从前一样。”

“哈哈哈。我知道你愿意，但那个女人同意吗？”

“乔薇？”我愣了愣，“我总不能，这一辈子都被她牵着走吧。”

“恐怕是这样了。男人嘛，为情所困，我懂。”

“Eddie，事情真不是你们想的这样。但我一时半会儿也没法解释清楚。”

“你不需要解释，雷鸣他早就释怀啦。不介意不介意。”

“雷鸣他还好吗？我就担心这事儿对他打击太大，以后会一蹶不振。”

“人不都是这样吗？一边受伤，一边忍痛前行。实在不行，那就割肉喂鹰，卸下所有，赐给对手，从头来过。”

“对不起。”

“你啊，别老一天到晚说对不起，你又不欠谁。雷鸣离开《雷蒙德》，又不是你的责任。他连 Jessica 都没怪，怎么会怪你。”

“那 Jessica 被逮捕的事情，不是因为雷鸣喽？”

“被逮捕？什么事？”

我松了口气。

但不是雷鸣举报的，又会是谁呢？

这事情我没半点头绪。想去探监，但 Jessica 被看得很严，根本不可能见得到。就在我以为这件事或许就这么不了了之的时候，Nicole 围追堵截似的在我家附近的菜市场找到我，非要找我帮忙。

她穿着十厘米的高跟鞋，踏在这条藏污纳垢咸腥的小道上，宽大的卡其色 Burberry 当季风衣罩住她的腿，不给我任何借口逃脱的余地，挡在我身前，郑重其事地说：“你是 Jessica 唯一信赖的人。现在只有你能把她解救出牢笼。”

“她信赖过我吗？从前没有，今后也更不会了。”

“她需要你。”

“她只是需要利用我。对不起，我知道她这么多年也不容易，但我没别的意思，就事论事。”

“但你是唯一一个可以帮到她的人了。”

Nicole 说话斩钉截铁。她是 Jessica 身边待过时间最长的一个副手，也是 Jessica 一手培养的，两人的行事作风如出一辙，连眉毛修剪的形状，都利落得盛气凌人。

“Jessica 所有的私人物品都被查封冻结了，除了这个。这是她很早就留在我身边的，以前她每次上飞机前，都嘱咐我保管好，出了什么事就打开。这次她被带走前，让我务必转交给你。”

“里面是什么？”

“我没打开过。”

“还有其他人知道吗？”

Nicole 摇头：“但 Jessica 大概早就预知自己是这样的结果了。”

“这样的结果？”

“铤而走险。和乔薇的合作就是一场拿命去搏的豪赌。”

“为什么这么说？”

“我不知道。她没告诉过我，这是女人的直觉。”她对我面露微笑，交给我一个薄薄的文件袋，我掂了掂重量，很轻。我思来想去也不知道要说什么了，最后问了 Nicole 一个无关紧要的问题。

“她是个什么样的人？”

Nicole 已经走到路口了，转过头来回答我。

“好人。坏得彻底的好人。”

文件袋里是一张合照，还有一个论坛的账号密码。如果不是因为打开了这个文件袋，大概我怎么也不会想到事情兜兜转转，竟会如此简单，又如此复杂。

照片里的人是年轻时的 Jessica，而站在她旁边的人，是许伟杰。我拿出新闻里所有的照片比对，确认是他。悲喜交加，又觉得可笑。绕了一大圈，我都没绕出这几个人来。Jessica 和乔薇，或许早就对彼此心知肚明了吧，才布下这么多陷阱，引我上钩。

Jessica 是为了复仇才接近乔薇吗？我本来也这么以为的，但当我照着论坛账号登录进去后，才发现或许完全不是这样。

主页面是 Jessica 曾经风靡一时的网络性爱日记。这些我当年都瞥过，没有指名道姓，故事模棱两可，就算是刻意捕风捉影也看不出主角来。但有一个帖子她设置为仅自己可见。

我点进去，是她离开香港前记录的日记，关于她在香港的生活，不为人知的事情。那时候大家只知道她销声匿迹去了香港，再无音讯，却不知道，她奔赴香港以为自己寻得真爱，结果只是做了别人的小三，还为人诞下一个儿子。这么精明算计的她，最终还是败在了一个更加心狠手辣的男人手里。这个男人是许伟杰。全香港人都知道他这个人信不得。

许伟杰靠什么起家的呀，三教九流百无禁忌，本来就是赌场妓院里混大的。他哪里会真心把女人当女人呢？所有女人，在他看来不过是谋生的工具。先谋生，再谋爱。但人一辈子都在为生计奔走，哪有时间谈情说爱？

酒局上，许伟杰为了讨好大圈帮的头目郑宏，非要把 Jessica 塞给他，让 Jessica“好好伺候”。照以往，小姑娘见了黑帮大佬，哪个不心惊胆战唯命是从。谁知道 Jessica 天不怕地不怕，当场就没给郑宏好脸色，反而拎起酒杯就往许伟杰脸上泼，让他难堪。

没想到郑宏偏偏就吃这一套。难驯服的女人，才有意思嘛。

也是因为这样，才有了十年后许伟杰让乔薇一女侍二夫，伺候完郑宏伺候郑亚仁。只不过后来许伟杰不经意发现原来乔薇另有他用，才把劲儿使到了别处去。

那次酒局结束，Jessica 终于看透了许伟杰。她想走，想把儿子带走，可许伟杰不让，Jessica 就设计了一场绑架，想敲诈许伟杰一笔赎金，再和儿子逃回内地。

没曾想弄巧成拙，许伟杰真的把钱看得比孩子还重，一分钱都不愿出，死活拖着。Jessica雇佣的绑匪一时没看住，在后车厢里活活憋死了孩子。

等Jessica看到孩子时，已经成为一具憋紫了脸的冷冰冰的尸体。她连哭都哭不出来了，看着孩子的身体，内心只剩下悔恨和愤怒。

他们都是一样的人。总以为有利可图，最后却栽在了自以为是上。

她彻底把爱和恨都埋葬在了香港这座城市。回到上海，重新开始。

接近深冬了，上海阴冷得像一只敲碎了蛋壳却仍蜷缩着不想出来的雏鸟。你不会愿意接近它，那连毛发都粘连得湿乎乎的身体，需要的不是温暖，而是破釜沉舟将自己孵出来的勇气。

广播里在读诗，主持人说今天是一月十九日，节气大寒，于是他选了马骅的《雪山短歌》应景——

“我最喜爱的颜色是白上再加上一点白／仿佛积雪的岩石上落着一只纯白的雏鹰；／我最喜欢的颜色是绿上再加一点绿／好比野核桃树林里飞来一只翠绿的鹦鹉。／我最喜欢的不是白，也不是绿，是山顶上被云脚所掩盖的透明和空无。”

我把雨刷打开，雨刷有节奏地左右折移。挡风玻璃已经被清扫得透亮了，远光灯努力帮我探清前路，但茫茫一片，没有积雪，也没有雨露，手牢牢握住方向盘，不需要转动，车轮滚滚向前，笔直的路，看不清卷起的是灰尘还是浓烟。我和贝壳，在这个玻璃混合钢铁的罩子里，就着黯淡的暮色奔赴一个未知之地。

“你觉得这算是罪有应得吗？”贝壳问我。

“可怜之人必有可恨之处，可恨之人必有可怜之处吧。”

“那 Jessica 找乔薇，究竟是为了复仇，还是为了其他什么？”

“一定不是为了复仇，但我还没想出来究竟是为什么。”

“我们现在怎么办？”

“去东海吧。”

“东海？”

“嗯。”我打开 Nicole 转交给我的文件袋，照片里夹了一张加油站发票，地点是在东海码头附近，时间是三年前，许先生死后不久。

对 Jessica 而言，离开徐汇区就算是大农村了，她为什么要去离市区这么遥远的地方？那里肯定有什么不为人知的事情。而最重要的巧合是，乔薇之前留下的海关清单，地址也是靠近东海那里的一个仓库。她曾经告诉过我，那是许伟杰一个重要的货源地。既然许伟杰是因此而死，Jessica 又因此牵扯进来，或许，答案得从最源头的地方找，才能知道他们究竟发生了什么。

我关掉广播，把车速往上提，生命的路途也总是这样寂寥漫长，一不小心就会驶入平庸。可惜我还是成了自己最讨厌也最乏善可陈的那种人。

进入渔村后我就把车灯都关了，车子停在岸堤边，在手机导航输入地址，把提示音调成静音，贝壳提着一盏照明灯走在前面，我紧随其后为他指路。

穿过一片安静的仓库和高高的芦苇丛，那些紧挨着的热闹民宅中，有一处就是我们在寻找的地方。裸露红色砖块垒起的外墙让这里看起来简陋又整齐。居民区最外侧有一个孤零零的代销店，贝壳说，这间小店扮演灯塔一样的角色，是个瞭望塔，门口那几个醉醺醺的壮汉是在站岗，一有风吹草动，后方立刻撤散。村里不简单，除了藏匿走私货，恐怕还有赌博窝点。他从前在香港就给人放过哨，这是做小弟的门槛，辖区里出了事情首先就算在他们这种人头上。所有的坐馆*都是从给人当坐骑起家的，所有的坐馆最后也都难逃坐监。贝壳很早明白这一点，但他说，很多加入帮派的人并不是为了往上走，而是犯了事进来求庇护的，每天打照面称兄道弟的人看似是同类，其实都各怀鬼胎，除非过命交情，否则人心隔肚皮，信不来。

我们只得绕道而行，从代销店的后侧走，那里有一条黑魆魆的窄道，紧挨着排水沟。

贝壳问我：“你确定这么走行得通吗？”

“不确定。但也只能试试了。”

我和贝壳屏气前行，有些提心吊胆。他把电筒咬在嘴里，照清脚下的路，一手扶墙，一手牵住我。那几个红脸的醉汉商量要打牌，吵吵嚷嚷，突然走进里屋，在货架上翻找。我担心灯光太过显眼，会透过玻璃

---

* 坐馆：香港地区用语，此处特指黑社会社团中的老大。——编者注

窗映出身影，便和贝壳熄了灯摸黑走。夜深人静，我们闷头走路，持续十分钟，拐了好几个弯，无声无息，步入平地后，才松了一口气。

手机导航提示我们只有两百米了。我原本以为那会是个有人轮流看守的货仓，层层戒备，早想好了引诱之法，调虎离山之计；但当我们真的走到仓库楼下，发现周围空无一人时，反倒开始心虚起来。

公路尽头的岔口，两根门柱拦开了一个空地，像是停车专用地，有车胎留下的明显痕迹。那个银白色的不锈钢卷闸门干净得连一点划痕也没有，前面用铁线吊挂着招牌：私人住宅，不准擅入。我和贝壳面面相觑，他从口袋里摸出几根铜丝，跪在卷闸门前，往锁孔里一点点探入，然后开始折出形状。

“没想到你还有这手。”

“我没告诉过你吗？我爸以前副业就是帮人撬锁修水管的，我16岁以前，就靠这个勉强混碗饭吃。”我听见轻轻的一声咔嚓，他停下来，三下两下就把锁打开了，我面露惊讶，他反倒皱起了眉，“这锁早被人动过。门还要拉开吗？”

我望向他，试图从他的眼神中寻找一丝带有倾向性的答案，但我什么也没读出来。

“开吧。”我深吸一口气，和他分别站在左右两侧，我们弓着腰，一点点挺直腰杆，一点点把门往上推起来，月光往里投进去，没有反射光，一片黯淡。我们只留出半人高的口子，屈身钻进去，手电筒照着这个两百平米宽的仓库，顶高很高，足足有五米，回音很重，呼吸声和脚轻踩地面的声音都被放大，一起向我们袭来。箱子一片狼藉，散落一地的毯子东一块西一块，堆叠在一起。用电筒仔细去照，才发现毯子表面的丝绒都被拆开了，颜色乱七八糟，显然是被刀片划开的痕迹。这是典型的哈萨克风格的地毯，水纹边缘围绕着石筑城堡的图案，方块菱形拼接着大面积的红褐黄蓝，花样繁多，但都不是最上等的线料。

“账本找到了吗？”我和贝壳在这堆乱麻中翻找，没找到账本。以为要一无所获了。

就在这时，贝壳不经意拎起毯子的一角，抖落出了什么，他俯下身用鼻子轻轻嗅了一下。

“他们用毯子来藏匿走私毒品。是海洛因。”贝壳揪住我的衣服。

“怎么藏？”

“混在线绳里织成毛毯。”贝壳深吸一口气，“但已经全被取走了。”

“有多少？”

“如果这些箱子里全都是的话……天呐，简直够坐一辈子牢了。”

“这么多，过海关的时候不会被查出来吗？”

“走特批的话，不好说。”

我捏了捏手里这半张单据，一阵头皮发麻：“这就是乔薇口中，许先生所谓的正经生意？”

“难怪 Jessica 觉得有利可图。”

“那个能给海关特批的人，成军，究竟什么来头？许伟杰靠着他来盈利不是很简单吗？非得套上乔薇，还要在她演唱会的物资里玩走私毒品，真是不可思议。这些事情的利益纠葛，不简单。”

“对啊，决明哥，照你这么说，究竟是许伟杰利用乔薇，还是乔薇利用许伟杰，又或许因为两人分赃不均，乔薇才痛下杀手！”

“恐怕还不止这样……”

“为什么？”

贝壳抬起头直望向门外，他的脸突然被一道煞白的光束照亮，显出一对黑洞洞的眼睛。我听见卷闸门被拉起的声响，嗞——身上鸡皮疙瘩都起来了，我回过头，猛然一棒袭来，眼前一黑。

14

我宁愿不要睁开眼。阿门。宁愿只是噩梦，终究会结束。我宁愿从来没有踏入这个禁地，牵扯进这些爱恨恩怨。

脑门上将干未干的血块，被一口热茶水吐过来，夹杂着唾沫浓痰，顺着脸颊滑溜到我嘴角，粘着茶叶，腥辣而烫。

我被绑在一张椅子上，贝壳也一样。头顶有一束强光，刺芒一样，让我们睁不开眼。面前的桌子上有烟灰缸，一个男人用食指和拇指掐灭烟蒂，糊平指纹，捏成粉末。

一杯新泡好的金骏眉送过来，他随意漱了一小口，哈气，那条握住茶杯的坚硬手臂可以明显看见青筋和血管。冬天，他却穿着薄衬衫，有一股男人特有的臭味，脖子那里出了一圈细细密密的汗，胸口还有口红印。我们显然打断了他的好春宵，他会把脾气一股脑儿泄在我们身上。一系列毫不相关的动作完结后，他才用那双浑浊的灰白鱼肚眼轻轻看向我们，一边沏茶，一边用沙哑的声音发问。

“你手里的这张海关单据是哪来的？”

“捡的。”我根本看不清那人的脸，回答的时候喉咙里一股咸腥血味。

那人掐着我的下巴，把我的脸转向一边，我才勉强看清他的脸。许多乱刀割成的疤，脸上没一块光滑的皮肤，像被人刻意划破脸一样，手法怪异。

他没吭声，站他身边的壮汉往我肚子上直挺挺就是一拳头。

“装傻充愣有意思吗？该老实交代就老实交代。”

他没打算从我嘴里探听出什么，直接搜查我的口袋。驾驶证上有我名字。

“决明？名字倒是挺特别。”他拿起手机百度，两个字刚打进去，就弹出来我专访乔薇的那则新闻。

那人仔细看了看我的脸：“原来是薇薇啊。自己人。”

“你认识乔薇？”贝壳抬起头，兴奋道，“我们可熟了，赶紧放了我吧。”

“可以啊。我放了你们，带我去找她。怎么样？”

我犹豫了一下，没接话。因为我看到他的脸，有种似曾相识的感觉。

“许先生，别跟他们废话了，直接投进海里喂鱼。”

“许先生？”我咽了口口水。

果然，那张脸就算被毁得面目全非，可眼睛依旧和照片里一样，叫人不寒而栗。他笑而不语，背过身去，打了个响指，身边两个手下就上来给我们松绑。

“文化人啊，我喜欢跟文化人打交道。”许先生伸手让我们喝茶。但我和贝壳都不敢喝，两个人没见过这么大阵势。我弓着背坐在太师椅上，很硌人，但屁股都不敢挪动半寸。

屋子里至少六个人，门外七八个。我们两人手无缚鸡之力，根本逃不出去。只能见机行事了。

“事情跟他没关系，他就是陪我过来的，你先把他放了吧，有什么事情跟我聊就行。”

“仗义，我喜欢。”他说话慢悠悠的，也没个结尾，喜欢拐弯抹角。

“你是许伟杰吧？”我忍不住发问。

“许伟杰？”他摇摇头，“鄙人姓许，但不叫许伟杰。许伟杰早死了，可惜他冤魂不散，死不瞑目。他那笔货丢了，你能帮他找回来吗？”

我摇摇头，坐在他对面盯着他看，尽管他的普通话已经说得很流利了，尽管他的容颜已经衰老到五官扭曲了形状，但我还是能一眼就确认他是许伟杰，曾经的陈启龙。金蝉脱壳，每到一个地方就换一个名字，信口雌黄，又附庸风雅。这事儿也只有他做得出来。

可他不是早就死了吗？如果他不是一个死人，那未了之事，乔薇和他之间的恩恩怨怨，一言难尽吧。

“你想见乔薇？”屋子里寂静无声，我连说话都有些怯生生的了。

“你说，我现在给乔薇打电话，告诉她你在我们手上，她会来救你吗？”见我们有些紧张，他笑了笑说，“放心，我和薇薇老交情了，她听见我的声音，一个字儿就能把电话挂断。这电话还得你来打。”

“我和她没那么熟。”

“我看你俩挺熟的啊。”许先生把我手机屏幕转过来对着我，上面是我给乔薇发的那些短信，“需要我一条一条念出来吗？大才子？”

“不用。你就算打过去，她也不会来救我的。我这条贱命，在她眼里一文不值。”

“那你还愿意为她舍命到这里来？”

“为她做什么，是我自个儿的事儿。但与她无关。”

“有意思。还是个情种。”

他一说话，我就浑身鸡皮疙瘩。眼前这个人，和乔薇曾经向我描述的风度翩翩的许伟杰，判若两人。又和 Jessica 日记中记录的那个阴险狡诈的许伟杰如出一辙。

我和贝壳愣住不说话，彼此面面相觑，眼神交汇的过程中，也感受到了彼此的妥协。无力反抗了，难道要顺从？

就在屋子里的气氛一阵凝滞的时候，我手机响了起来。他们帮我按了接听，寂静的屋子里，是 Nicole 急切地在电话那端喘着粗气：“Jessica 姐她走了……在监狱里自杀了。”

许先生表情霎时变了颜色，我哽着喉咙，没来得及说话，就被按断了电话。贝壳则目不转睛地盯着从门口新进来的一个高高瘦瘦的男生。三个人也不说话。屋子里空荡荡的。

没过一会儿，许先生就一声不吭起身走了，没有再往下说什么，也仿佛什么都没发生。我要站起来，却被人强行压住肩膀坐好，不许挪动。几分钟后，我和贝壳被人带上了头套，眼前又回到一片漆黑，我们正被带往另一处地方。

我觉得自己可能要死无葬身之地了。来之前我就为自己做好了心理准备，但对不住贝壳，他这回真是舍命陪君子了。

临走前，许先生拍了拍我的肩膀，站在我身后。他用什么硬东西顶住我的背。

是枪吗？

我佯装镇定，一副大义凛然的样子。

他故意逗我说：“嘣——怕不怕？死了就可惜了。没事儿，我们肯定还会再见面的，你回去告诉薇薇，放手吧，别挣扎了。”

紧接着，我们就被拖进了车里，像运输牲口一样，被拖到未知之地。

等解开头罩的时候，身边早就没了动静，荒无人烟。我俩鼻青脸肿，像是从少教所出来的不良少年，被丢在靠岸的堤坝，海风吹得我们瑟瑟发抖。想从口袋里点根烟，却被海风一股脑儿卷进浪里，了无踪迹，我战栗着，赫然清醒。

我们沿着海岸线走了一路，才找到之前停车的位置。死里逃生，赶紧驾车远走。

把车门锁上，玻璃窗封死，我整颗悬着的心才稍微落下来。额头上冒出密密麻麻的冷汗。

一路上贝壳都一声不吭，我以为他是惊魂未定，转过头看他，却发现他双目无神地盯着挡风玻璃。

“是在为刚刚的事情难受吗？还是……因为听闻 Jessica 的死讯。”

“我刚刚，好像看到他了。”贝壳紧紧咬住嘴唇。

“谁？”

“Jeffery。”他细声细语。

“在哪里？”

“我也不确定。”贝壳低着头回忆，“站在许先生旁边的那个男生，很像他。可能是看错了吧，也可能是幻觉。是啊，怎么可能……对不起，最近可能压力有些大。”

“怪我没照顾好你。”

他没有看向我，而是喃喃自语，又自嘲地笑了笑，头枕着窗边陷入沉思。

夜雾湿蒙蒙的，我要打开雨刷，让玻璃透亮明净。但无论怎么擦洗，总觉得露水黏在上面，带着一层薄薄的青灰色。

回家之后我埋在被窝里大睡一场，试图让梦境和现实的界限模糊起来。东海码头的经历，比噩梦更惨烈。我不相信他会这么轻易就把我们放出来了。他一定是把我当作了诱饵，为了见到乔薇。

当一个人的名字反复在你耳边和脑海出现的时候，你一定会不由自主地想念她的样子。

乔薇。乔薇。

我下巴蹭着枕头，柔软、轻盈，似乎有乔薇曾经留下的味道。我从没敢靠近她，触碰她，但我觉得此刻我在接近她的身体。那种感觉是爱吗？

我轻轻念着她，枕着黄昏和晨曦的薄光，颠倒日夜，不知几时。

直到邮递员来敲门。

有人给我寄了邀请函。我在上海无亲无故，这会是谁。拆开了看，原来是《雷蒙德》的同仁计划给 Jessica 办一场还算体面的葬礼，按她生前喜欢的旧派人的做法那样，先在报纸上登一则讣告，仪式在龙华殡仪馆。

日子，时辰，方位，都找大师算过，她信风水，香港人那套她喜欢挂在嘴边，上海人的精明算计她也一点没落下。这葬礼被安排得几近圆满，唯独一样，原本和监狱谈好的遗体交接手续又临时有变，当天才被告知不放行，要留等法医再次验尸。大家手忙脚乱，最后 Nicole 一意孤行，说哪怕做个衣冠冢，火化她的随身物，也得让她安息。所有人你一言我一语，也讨论不出其他更好的方案，便听从了 Nicole 的提议。

场面有些冷清，本该到场的人都没来。我知道以 Jessica 的脾气，她生前得罪的人肯定不少，但那些平日里和她口口声声以姐妹相称的人，到了这会儿又开始害怕惹来一身骚，全都不见踪影。甚至连雷鸣都不曾露面，难为他此刻东躲西藏，十年好友葬礼都无法参加。三三两两的人在空旷的大堂里坚持走完流程。好在葬礼的隆重从来都无关人多人少，不负有心人就好。祭台上的黑玫瑰上海没有，Nicole 特意从国外空运回来，她本来想覆盖在 Jessica 的遗体上，可惜最后这点私心也没能实现。

哀乐放到后半段，司仪在念悼词的时候，我看到乔薇一身黑长裙，远远站在墙角注视着。她和我对视一眼，将手中的烟头戳向墙壁，火熄灭了。

“你不像会为她难过的人。”

我没说出口的话，反倒被乔薇抢先一步。

“毕竟共事一场。”我看着她手里的黑玫瑰，反击道，“我也没想过你会来。”

“如果不是她，我也没有机会认识你吧。”

“我们之间严格算起来，应该是久别重逢吧。Jessica 死了，是不是事情就要结束了。”

“还没开始，哪里算得上结束？拔出萝卜带出泥，有些人，现在应该正在自乱阵脚。”

“Jessica 的死，也是你计划的一环吗？”

乔薇摆着一张冷脸：“是不是你们都觉得我天生一副蛇蝎心肠？把一切都推到我身上，就可以心安理得了。”

她的话让我想起十多年前的那场集体共谋，那时的她还叫程微微。她离开滨城后，所有一切污言秽语都硬生生往她头上扣，说她穷凶极恶，罪大恶极。

“对不起。我当然没那么想。”我百口莫辩，“我只是觉得 Jessica 死得有些不明不白，她的性格，不像是会畏罪自杀的人，她哪怕临死都会奋力一搏。现在却死得那么草率。”

“如果有人要她非死不可，那她无论如何也活不下去吧。”

“你指的是谁？”

“你觉得会是谁？”

我不知道，Jessica 虽然平日里我行我素，树敌不少，但那些所谓的“仇家”，顶多是塑料花的姐妹情谊，也不至于有这种能耐。如果算起前尘往事，Jessica 有那么多不为人知的事情，更无从查起。

而最明显的仇家，无非是雷鸣。但那天我在 Eddie 那里看到他的时候，他似乎对这件事情已经释怀了。

我向乔薇摇摇头，表示自己没有任何线索。但她一眼就看穿我了。

“你也怀疑雷鸣吧。”

“可我跟了他这么多年了，我最了解他的为人。”

“你真的了解他吗？”乔薇的反问和当初 Jessica 对我的发问如出一辙，“你以为《雷蒙德》只是一本时尚杂志吗？那为什么这么多人盯着这块肥肉不肯放，连 Jessica 也千方百计以命相搏。每年的慈善之夜，那些明星和富豪们，真的有那么慷慨吗？”

“他们有什么幕后交易我不得而知，但至少雷鸣他人不坏，这么多年他对我的照顾我也看在眼里。”

“你真的以为你写的那些南美洲动物、博洛尼亚修复黑白片和萨满法师是雷鸣在包容你，欣赏你的才华吗？那只不过是他们的幌子。每年慈善之夜设立的基金，不都是从你笔下这些大家似懂非懂的名头里做出文章，把钱运送到无人知晓的地方去吗？你太天真了。”我被呛得哑口无言，乔薇丝毫没有退让的意思，“我也好奇为什么非要置 Jessica 于死地不可，可能她藏着太多见不得人的秘密吧。”

“她这辈子秘密太多，猜不透的。”

“猜不透猜得透，都带着秘密尘归尘土归土吧，反正现在也死无对证了。”

“是啊，尘归尘土归土。她早就是无爱一身轻了。那你呢，你那些从来没说出口的秘密？你会担心有一天，也突然像她一样——消失吗？”

“我早该消失了。但他们从来不给我这个机会。”

“他们是谁？也包括……许先生吗？”

“为什么突然提起他？”乔薇疑惑。

我忍不住想起那天晚上在东海码头，许先生那张面目全非的脸。

“许先生死前那批货里的海洛因，不翼而飞了。”

“你去了码头？”

“走私什么东西会比毒品的利润更大，尤其是跟有黑帮背景的人合作？你非要让自己蹚这摊浑水吗？”

乔薇不言。

“他劝你放手，别再挣扎了。”我从口袋里拿出那半张特批单递给她，我喉咙咽下口水，“你那天说的话，关于许先生的死，只是虚张声势，骗我的对吗？”

我清楚地看到她望着单据时脸上表情的变化，像是浸在水池里差点窒息了，又在浮出水面时狠狠吸上一口气。

“他有什么资格劝我放手？”那一瞬我被乔薇惊住了，她摇摇头，“我以为他哪怕没死，也不敢出来见人了。我亲手砸坏他的脸，他奄奄一息，我心软了——是郑家人想要他的命，我知道他一定会恨我的，但明明是他亲手把我送去给郑亚仁的……决明啊，无论发生什么，你会陪在我身边的，对吗？”

我点点头，她的眼眶里好像有一滴泪珠，但她迅速一眨眼，又冷漠得面无表情了。她所谓的陪伴，是真心的吗，还是利用？可就算是利用，我其实并不知道自己能为她做什么，也不知道能为她带来什么。

“我听 Jessica 说过，雷鸣有一个本子，里面记录了他私底下的每一笔交易。你能想办法拿到吗？”

“雷鸣在公司里的东西，他搬走的时候早就清空了。而且这么重要的东西，他也不至于放在公司里吧。”

“万一呢？你不也很想知道，Jessica 是为何而死吗？”

她把手里那支玫瑰花折断，别在我胸口衣袋上。黑色的花瓣，在阴影下像是骷髅飞蛾。她告诉我，下个月，她要在黄浦江的游轮上筹办一个时装展，到时候，各界名流都会来，她也算了却了自己这个心愿。

可她是真的喜欢设计这件事情吗？或者只是另有所图。

我早就分辨不出来她究竟哪句话是真，哪句话是假了。自从遇见乔薇，我无时无刻不在经受这种恐惧和未知的折磨。

就像 Jessica 的预感一样，当我踏进这个赌局的时候，就已经注定要满盘皆输了。

如果爱也有输赢的话，那我在这个关系里，毫无赢面。

15

葬礼结束回家，贝壳仍然无精打采。

我说，不如出去喝两杯，耳边吵吵闹闹，说不定就忘得一干二净了。

他不肯走，我就拽着他。他趴在车窗边，被风吹得彻底清醒。

我们驶入霓虹灯缠绕的新世界，十里洋场的大上海，黄浦江两岸的万国建筑灯火辉煌，车窗打开，世界由黑白变成彩色，像古斯塔夫·克里姆特金灿灿的装饰画一样迷人，耀眼夺目。

只是这条我曾无数次经过的衡山大道，早已像一匹皮松肉垮的老骆驼一样奄奄一息，灯火阑珊，来来去去，没剩几家店了。十年前我们一群人靠在41号芝大厦的露台上，那张方形黄花梨木酒红色的咖啡桌上，一套波斯风蓝白银具，装着咖啡、奶包和糖块，还有一小片乳黄色芝士蛋糕。这幢只有二十三层楼高的新古典主义大楼，却让我们看清了正对着的领馆广场上的景色，一览无遗。我们畅想着攒下人生第一桶金，然后也开这样一家咖啡馆，在上海弄堂的老洋房里，撑起一排红褐色的罗马伞，晚上关了店，就花大把大把的钱，回 PARADISO 让新来的侍从替我们点最昂贵的香槟，酒杯送到嘴边，让气泡在眼前开花。

我没资格怀念，我在它最鼎盛的时候悄然离开，如今整条酒吧街都显露颓势，像一株凋败的玫瑰，剩下记忆里扎人的尖刺，我只能眼睁睁看着，无能为力。

贝壳说，他知道肯定会有这一天到来的。所有事物都有兴衰的过程，但他希望能慢一点，淡一点，这过程长一点，好让他做足准备。可惜这世界上没有一种可以让人彻底不痛苦的药。所有的慢性疾病看似无关痛痒，累积到最后都只会让人更加的撕心裂肺。

华庭会所重新整装开业，挂着夺目刺眼的招牌，他们堂而皇之地把门口的那堵墙换成了透明玻璃，行人一眼可以看到舞台中间被烟雾缭绕的裸体舞男。

贝壳叹了口气，踏上台阶，想要进去一探究竟。即使舞者那么卖力，来往的客人也只有鼎盛时期的四分之一，难怪这条街上那么多老店都纷纷倒掉。贝壳和我一起推开这扇红棕色的复古铁门，像走进一片幽暗的丛林，那股熟悉的香氛气味完全抄袭 PARADISO，头顶转动的机械大吊灯喷洒着细细的露水，闷热潮湿得让人忍不住在大冬天脱下外衣，露出手臂。

“装潢倒是学得挺像，可这里头的气质、音乐，简直天壤之别。太差劲了！”贝壳耳朵敏锐，停下来听着喇叭里播放的音乐。

我们站在吧台边，先点了两杯轩尼诗白兰地暖胃。

周围的陌生人迅速进入状态，拥抱，脸贴脸，头抵头，或是隔着人群摆摆手。我们格格不入。大老远，贝壳就提醒我望向舞台两边，是隆和健。他们从 PARADISO 出来，直接到了一街之隔的这里。

“现在都已经这么出格了吗？”

他们穿着招摇的豹纹短裤，裸着上身，端着放有酒水单的盘子到处走。

贝壳故意笑眯眯端了一杯酒过去寒暄，一探究竟。两人一见到贝壳，就凑过身来。

“呀，贝壳，好久不见，真是大驾光临啊。”隆说话总是一惊一乍油腔滑调，他的手勾住贝壳的脖子，脸也贴得很紧。

“生意真好，离开了 PARADISO，大展宏图嘛。”贝壳客客气气，抿下去一口白兰地，香味四溢。

“哎呀，托你的福，托 Eddie 爸爸的福。”

贝壳继续问道：“华庭的装修风格大变，肯定是受了高人指点。你们老板是派谁来接手这里了？”

“哎哟，你这下总算问到点子上了。那个新来的杰森弟弟一表人才，一米八五的大高个儿，一整排的腹肌，年纪轻轻就被华人集团器重得不得了哦。”健挤眉弄眼地笑，指着不远处从包房冷冷走过来穿着西装的帅哥惊呼，“喏喏，就是那个啦！真迷人啊。”

我顺着健手指的方向，看到那个被他们叫作杰森的男子。他经过舞台右侧的那架深棕色斯坦威钢琴，梳得妥帖利索的短发下一双黑浓眉，深蓝色意大利 Kiton（奇顿）西服将他的身材修饰得完美无缺。他被人群团团包围着，他经过的时候，身边那些人都忍不住故意贴近他的胸和臀，往他脸上哈气，醉眼迷离地吐烟圈，越蹭越紧，汗流浃背，他依然挺拔地走着，不为所动，偶尔回过头礼貌性地微笑。

贝壳突然像失了魂一样，他推搡着往前走，我叫他他也不回应。他把手中的酒杯随意放到别人的桌子上，手里空无一物只为了更方便穿越人群，那只玻璃杯不知道被谁的手肘击碎在地，他也无动于衷，他不顾一切地走到那个叫杰森的人面前，一动不动，呆呆地望着。

"Jeff*，是你吗？"

杰森没注意到有人在同他说话，于是贝壳用近乎嘶吼的声音说："Jeff，是你对吗？我那天看到的那个身影也是你，不是我恍惚的幻觉，你还活着！ Jeff，你看着我好吗？"

"您好，您应该认错人了，您可以叫我阿杰，我是这间酒吧的经理。"他迅速地招呼清洁员过来清理地上的碎片。

"不，我不可能认错的，你是 Jeff，你没死，这些年你去哪里了！"

杰森保持着他那僵硬的笑容，看了眼贝壳，认真地说："先生，请您稍微让一下，这里在清理碎片。"

贝壳摇摇头，猛地蹲在地上，用手去把那些碎片拢起来，放进垃圾铲里，满手血淋淋的。

我们阻止不了，杰森站在一边，慢慢退到人群背后，他指挥其他人来处理现场，但贝壳排斥地推开所有人。

---

* 杰夫，Jeffrey的昵称。——编者注

“让我自己来，你们不要靠近我，走开，走开！”

这是我第一次看到贝壳失控，他用手一点一点把地上的碎片清理干净，这过程中他一直期待着杰森能一起蹲下来帮助他，直到地上没什么残渣了，他才缓缓站起来，他失落地寻找杰森的身影，很遗憾，杰森早就消失在人群中了。

我把贝壳带回家，用镊子拔出扎在肉里的玻璃碎片，用碘酒消毒，涂上药膏。

“你不疼吗？为什么这么傻。”

“他到最后连一眼都没有看我对吗？”

我摇摇头：“他就不是你要找的 Jeffrey。”

“他是，我不会认错的。”贝壳非常坚定，“他鼻子是比以前挺了，脸颊也瘦了许多，整个脸动了不少，也比从前成熟了很多，但那又怎么样呢？他的眼睛骗不了我，他是 Jeffrey，你难道会认错一个你深爱过很多年朝思暮想的人吗？”

他喘着气，勒住我的胳膊，激动地摇晃着。

“你先冷静一下。”

“我不受控制了，对不起决明哥，我很难受。”贝壳坐在沙发上，把家里所有窗帘都拉得严严实实，不透进一点光，他手上缠着纱布，狠狠握拳，血一点点往外渗。

“别这样折磨自己，别紧绷着一口气。”

“我也不想的决明哥，对不起对不起。”他把头埋进腿里，连说好几个对不起，假装什么也看不见。

我挨着他坐，让他靠近我，好让他忍不住的时候可以抱住我哭。我想等他情绪平复下来后把灯打开，但他阻止了我，他说不想被光照出自己现在这副丑陋的样子。他说那光束的颜色会让他想起那天去停尸房认领 Jeffrey 的尸体。

那是他人生中最漫长的一天。最煎熬的不是去的路上，而是返程。正值曼谷最炎热的夏天，走廊上的水泥地板都在冒烟，冰凉的遗体躺在充满冷气的空调房里却无人问津。阳光斜斜地照在那张白布帘上，他在门口徘徊犹疑，直到最后也不敢上前辨认。他没有掀开白布看那张脸，只是盯着挂有号码牌的那双脚。

原本去的路上他都一直忍住了没哭的，但回去坐在电车上，他一听见轨道撞击的尖锐声音，就止不住去想 Jeffrey 那具伤痕累累被清洗干净的尸体——疮口的脓血被福尔马林泡得失去了色泽，嘴唇紧锁，眼神无光。

那之后的一个月，他连把牙膏挤到口中刷牙都觉得恶心。他站在镜子前哭，走在大马路上毫无缘由地哭，躺在床上仰头望着天花板哭。他觉得自己要把泪腺都哭坏了，他想割了它，把它丢进马桶里冲到下水道，不停按冲水开关，然后听水涡旋转的余音让自己冷静。

是 Eddie 把他从这段回忆里解救出来的。Eddie 帮他还清了在曼谷欠下的所有债务，带他离开了这个伤心之地。

“那时候 Eddie 在处理东南亚的生意，我被 Jeffrey 的债主们追得无处可逃，是 Eddie 让我住在他的酒店避难，那些人不敢惹 Eddie，因为都听说酒店当时在和华兴谈收购。谁都知道华兴是南洋一带最大的华人酒店集团，背后的黑帮势力颇丰。那之后没多久酒店的招牌就换成了华兴，Eddie 准备回国，问我愿不愿意跟他一起走，才有了现在的我。”

“这么说其实 Eddie 早就认识华兴的人？”

贝壳摇摇头：“可能吧。”

“你确定杰森是 Jeffrey 对吗？”

“当然。”

“好，我相信你。如果我们那天看到的许先生是许伟杰，也是你当年见过的陈启龙。那他和华兴集团，一定有千丝万缕的联系。”

贝壳点点头，哽咽着，试图让自己的语调恢复平常：“我也不明白他为什么要装作不认识我。”

“或许不是他想要假装不认识你，而是他背后的那个人。”

“许先生吗？”

“我现在还没法儿确定，但很有可能。”

许先生。Eddie。雷鸣。Jeffrey。

这几个名字纠缠在一起，就足以让我们纷乱如麻了。

我开始查找华兴集团背后的信息，但背景复杂，单从官方注册的人员名单看，没有半点头绪，都是正经商人。

但我注意到一个特别微小的细节。在华兴集团单独拆分上市的酒店企业里，郑亚仁父子的基金公司，占了很重要的股份。郑宏早年以纽约唐人集大圈帮头目起家，背景自然不用说。如果这个企业本身就有海外华人黑帮背景的话，那也不奇怪 Jeffrey 身在其中无法坦白身份了。

但这些也不过只是猜测，除非有办法能亲口向许先生求证。

我不禁想起那天从东海码头离开前，他对我说：我们一定还会再见的。

Jessica 的葬礼结束没过两天，Nicole 突然火急火燎地告诉我，雷鸣跑去公司，硬闯进他原来的办公室，似乎想找什么没找到，就把公司里的花瓶都挪动了一遍，翻箱倒柜，弄得一团乱糟糟。

我没告诉她关于账本的事，但旁敲侧击下，我从她口中得知 Jessica 生前曾转移过雷鸣的东西。可是 Jessica 留给我们的文件袋，早就被翻个底朝天了，除了那张合照，论坛账号，还有夹带其中的加油站发票，再没剩下什么多余的线索。

“你确定雷鸣是在花瓶里找东西，而不是其他什么地方？”我赶在办公室里，对着这个诡异的落地大花瓶，反复向 Nicole 求证细节。

我绕着花瓶转了好几圈，轻轻敲打，也没觉察出有什么机关。唯一不搭调的地方，就是以雷鸣这么崇尚后现代艺术的人，怎么偏偏有个说不出年份的中国古代陶瓷花瓶。

“公司里本来有好几个落地花瓶的，雷鸣一直不喜欢，让人给腾到别的屋去了。后来 Jessica 出差回来送了他这个，他反倒欣欣然接受了，还当作宝贝似的。”Nicole 皱着眉，“这花瓶色泽暗淡无光，哪像是什么摆设，反倒像是陪葬品，有点晦气，搞不懂。”

“陪葬品？”我左思右想没弄明白，Nicole 这句话反倒点醒我了，在滨城的时候，健太领我去看墓地，那种闽南传统的皇金翁，可不就跟这个类似吗?

我记得健太曾经告诉过我，一个叫任小蕾的女人，不久前曾经替乔薇拿过什么东西。可是当我暗示乔薇这件事时，她却丝毫反应都没有。或许去滨城这件事，从始至终就不是乔薇安排的，而是 Jessica 自己的举动。她也并不是去那里取什么东西，而是把什么东西藏在那里。

Jessica 在向雷鸣摊牌的那一刻，应该早就拿到了关键证据，才敢这么明目张胆地抢夺他的位置吧。她本来以为自己机关算尽，没想到最后还是被人将了一军。

我给健太打了个电话，让他帮我去看乔雅的骨灰坛。他也真是艺高人胆大，直接把坟给刨了，从皇金瓮里翻出了账本，他快马加鞭邮寄到我手里。

Jessica 临死前还是留了一手。可惜我们发现得太晚了。收到账本后，我本来想第一时间拿给乔薇，但贝壳的状态让我放心不下，一分钟都没法离开。

自从那天见到杰森以后，贝壳每天晚上都去华庭会所捧场。从前他是侍从是舞男，如今他是座上宾是买醉客。他也像那些人一样，走到吧台让调酒师给他最烈的酒，祈求能一口下去，潦草度过人生，不再忧愁。

他觉得自己成了惊弓之鸟——穿着衣柜里最昂贵的衣服，袖口领子熨得像平静的海面，连内裤也不敢松懈地穿了 C-IN2 的经典款，头发上抹了闪闪发亮的油膏，喷着从前 Jeffrey 最喜欢的香水，胸前扣子松开两枚，若隐若现露出锁骨，醉眼迷离托着下巴守望每个包房的出口，生怕错过与杰森的每次相遇。

他好几次飞扑上去却发现认错了人，怪自己太心急。他心想就算 Jeffrey 真的改头换面把自己彻底忘了，大不了就重新认识杰森，重头来过。他太渴望见到他了，以至于每天都泡在酒池子里，浑身一股甜腻的味道。贝壳吐了又吐，这种把自己抠呕吐又继续喝的喝法，让他像一块变质却膨胀饱满的芝士蛋糕，只可惜杰森始终无动于衷。他们之间的爱情早就馊掉了。贝壳在自欺欺人，他以为自己可以用十年真心换来 Jeffrey 的一次回望，但贝壳忘了当初自己本来就是被抛弃的那个人。他总是用脑海中那些美好的爱情片段来自欺，他以为自己沉浸在爱中，其实他只是爱那个当下，爱自己投注出去的爱，爱那些为爱所累的回忆。

没多久，贝壳就把身体彻底喝坏了，他其实对可可、牛奶、糖精、杜冷丁过敏，但他头疼脑热时胡乱就会抓一把往喉咙里塞。他发了一场高烧，逼近四十度，他不肯去医院，我把他裹进好几层厚棉被里，给他连续吃了几天退烧药和阿莫西林，他好似出现幻觉，躺在床上对着天花板哼唱。

“情感是偶发事件 / 用偏方治好失眠。”

“越是相爱的两个人／越是容易让彼此疼。”

调和词是错乱的。歌与歌之间也总是串。

直到被捂得大汗淋漓，他清醒了，又喝了一大杯温水，眼珠子凝视着前方，反倒不说话了。

我不会安慰人，我连自己都安慰不来，不知道怎么让他开口。我宁愿他大哭一场，或是喋喋不休。

我开始像他平时照顾我那样跑到很远的海鲜市场给他买海鲜做粥。坐最早一班公交车，在最后排靠窗的位置，可以看清楚整个车厢里上上下下的人。那座位高高低低，窗子关得很紧，仍旧有风漏进来，有一半昏昏欲睡赶早班的年轻人，和一半精神矍铄赶早市的老年人，他们的味道混合在一起，像是刚划燃又熄灭时的火柴冒起的那股白烟，刺鼻而醒目，让我很振奋。

这是贝壳喜欢闻的味道。他跟我说过，Jeffrey 不喜欢用打火机，但他有烟瘾，每天两三包烟不离手，口袋里永远有很多盒火柴，有时一根没划燃会划第二根第三根，Jeffrey 总是焦躁不安，直到点燃了才长舒一口气。一开始贝壳是很厌烦这个味道的，硫黄味，在哪儿都能闻得到，像梅雨季结束不久后那股湿湿的霉味，像天然气泄漏后让人昏沉沉的涩味。但划火柴却是刹那即逝的，有时候一溜烟才钻进鼻子里就消散了，不容回味。贝壳开始帮 Jeffrey 划火柴，嘶嘶拉拉，火柴顶上一团火球把火光传递到烟头上，冒出气儿，再兀自陨灭，剩下光秃秃的火柴杆，被折断了丢进下水道里，直到发出最后那一声清脆的“咻”才彻底没了星火。

贝壳喜欢划火柴这个动作，小臂弓起来，轻轻一挥，像招手那么随意。他早就形成惯性了，看到没有划过的火柴就想要划出一道火光来。即使后来 Jeffrey 不在身边了，他也仍旧在口袋里常年备一盒火柴，他不抽烟，但发呆的时候，或者无所事事的时候就会划一根，消磨时间，那是一种空掉的感觉，来过又走了。尤其在 PARADISO 给客人点烟的时候，他会有一刹那的恍惚，好像灵魂轻得如烟，飘起来，前一秒还笑脸盈盈，停顿的那一瞬间过后，仿佛失去了什么，却无可名状，就又变得沮丧起来。

爱情真的是一件残酷的事情。先收手的那一个不留遗憾，走不出来的那一方卑微地停在原地无处容身。

16

城市广场最大的横幅变换成一组新兴服装品牌的海报，我从公交车窗口望出去，图中的乔薇领衔一众女模特站在 T 台聚光灯下——是新品发布会的预热，开春会有一场盛大走秀。我给她发了一条恭贺短信，祝福她愿望达成。手机迟迟没有回音，直到我返回家中给贝壳熬粥，贝壳敲了敲厨房的推拉门，咳嗽了两声，告诉我是乔薇来电。

“决大作家难得开口，这回我可没再错过了。”乔薇睡眼惺忪，声音也缠绵无力。

“路上看到你的海报，又回到万众瞩目的巅峰了，我想你应该感觉还不赖吧。”

“除了少吃少睡，其他还好。任人摆布嘛，谁都一样。”

“这么轻描淡写，说得好像很简单。”

“反正也不能算难，活都活下来了，没有比这更难的吧？”

“是是。”我强辩不过。

“赏脸一起吃个午饭吗？”

“狡兔三窟，所以今天兔子在哪儿？”

“守株待兔的地方，华季酒店。你现在过来吧，直接到泳池来找我，地下正好有家餐厅，听说新来了个厨子。”

“什么菜？”

“我说你猜，四个字，风、花、雪、月。”

“云南菜？”

“你怎么知道？”

“只要你不说梅兰竹菊，我就不会说成是上海麻将。”

“亏你想得出来。好吧，不见不散。”她伸了个懒腰，我听见电话那头水龙头哗哗作响。

“谢谢乔小姐邀请。”

“不客气。”

彼此挂了电话，我小心翼翼把炉子调成文火，用勺子轻轻搅拌锅里的海鲜。我转过身，发现他还倚靠在墙边，听完了我整段对话，还故意吸吸鼻子：“你嗅到空气里有什么不一样的味道吗？”

我把头凑到炉子前，又闻了闻自己，摇摇头。

“这是一个恋爱的季节，空气中都是情侣的味道，孤独的人是可耻的。”他哼了几句张楚的歌词。

“病刚好，就开始打趣我啦？”

“要说打趣的话，怎么都算打趣我自己吧。”贝壳坐回沙发，懒洋洋地靠着垫子，“你当我回光返照好了，这就倒头继续睡过去，眼不见为净。”

“你真打算把自己当成冰窖美人，一睡不醒了？”

“我没那么脆弱吧？虽然脑袋是很疼，浑身不得劲儿……我睡了多久？”

“发了五天烧，又躺了三天。”我拉开窗帘，阳光照进客厅，在地毯上留出一片白光，“多出去走动走动，晒晒太阳，今天天气不错。”

“触景生情，不去。”

“闭上眼睛，才更容易被回忆给塞满。”

“我这样子是不是很狼狈？”贝壳的笑脸突然变得很严肃，“从前有一个过期的罐头，它本来应该被扔进垃圾车处理掉，却被人硬塞在冰箱里，很多年后再拿出来，还奢望它解冻了之后味道如初。罐头被打开的那一瞬间释放出呛鼻的臭味，把那个人呛哭了，他问罐头，你还能不能让我再吃一口？你身上总有一个部位是没有完全坏掉的吧？罐头一声不吭，那个人纠缠不休，坐在那里等。你知道故事的结局是什么吗？”他笑了一声继续说，“人和罐头都被垃圾车拖进一个巨大的仓库中，里面堆满了各式各样过期的罐头。那人抬头发现自己也被封死在了一个罐头里，四周密闭，唯一被开启的时刻也是证明他已经坏掉的瞬间，他只能继续等待，别无选择。”

他在晨光中像一头被卸掉鹿角伤痕累累的小鹿。

“爱情不是非此即彼，非黑即白的，放过自己这次，才会有下一个开场白。”

“可人生是。”贝壳睁着那双剔透明亮的眼睛，眉头深锁，“如果你真的爱过一次，你就会明白，爱情就像自己亲手把坚硬铠甲剪开露出的一根软肋，这根软肋最后会变成尖刺，两个人要么重归于好，要么同归于尽。就像作茧自缚，你身处其中，永远也没法挣脱出来。对不起决明哥，我不是故意要说你没爱过。”

“没事，我的确没爱过。”我摇摇头，“在你看来我很失败对不对，连作茧自缚的勇气都没有。”

“失败的是我。但如果再让我选一次，我还是会做同样的选择。人生多平淡无奇啊，唯有爱一个人能让自己显得有那么点非凡的意义。”

“嗯。”我们俩谁也没说服谁，但我们都明白，爱一个人太难了，不爱一个人也太难了。没有谁可以自绝于感情，爱来无影去有痕，它像一个任性的小孩，降临时会让你变成一个彻头彻尾的失败者，让你失控，让你深受其害，也让你重生。

去到酒店的时间比预想得要早，避开高峰期，上海空旷的街道像刚清通的自来水管，车子顺序通行也比拥堵时横冲直撞更快。凋零的法国梧桐站成了古堡前庄重的卫兵，表情灰暗，颜色沉着，仿佛刻意让冬天冷漠得没有温度。旋转门前过来一辆老式花车，被门童驱赶到马路旁边的防护栏外，车上的花瓣娇艳欲滴。我走过去随手挑了一束百合，我不知道乔薇喜欢什么，但百合开得大气饱满，直直跳入我的眼帘，我把花夹在怀中走进大堂直奔泳池。

耳边响彻“咕隆咕隆”声，巨大的回音，从耳朵直通脚底，潮骚涌动。再凑近，是游泳池特有的水流循环声，空气中弥漫着一股清淡的消毒水味，像是苹果味的瓦斯，会让人上瘾。天蓝色的瓷砖泳道让水变得比太平洋某处深海还要蔚蓝，漂亮的落地窗凌厉地三面围住，没有帘子遮挡，游泳时可以清晰看到外面错落的建筑群。灯光也很暧昧，是热带鱼身上斑驳浑浊的黄色，是蝴蝶断翅前扇动起的水纹，连空气也嗡嗡作响。

一大早，整个泳池只有乔薇一个人，我站在角落远远看她，"V"形的连体泳衣，露出洋芋白的脊背，两条腿细长有力，在水面短促拍打，水花像摔碎的瓦片。她扭过头的瞬间好像看见我了，突然从水面消失，再从靠近我的某个地方扑腾一下站起来，像是在玩捉迷藏，就像我俩之间的关系，翻来覆去，掂轻怕重地试探与交底。

"你身上有一股威士忌酒味，昨晚又宿醉了吗？"

"决大作家改行当侦探吧，观察力这么敏锐。"

"头一次见人喝了酒还能一大早起来游泳的。"

"那有什么奇怪，游泳能加快新陈代谢，酒精从汗里流出来，一切就又像什么也没发生。"她上了岸，从躺椅上拿来一条毛巾，摘下泳帽擦干了头发，把毛巾披在身上。

"自己喝的酒吗？"

"本来是为了助眠。安眠药对我不太管用，喝一点酒会让我更容易放松，但昨天鬼使神差喝了很多，还差点错过你一大早的短信。"

"看不出原来我还挺重要，劳你大清早爬起来回我。"

"手机通讯录里就存了你，不可思议吧。"

"那其他人都记在这里了？"我用手指敲敲脑门。

“装不下，无关紧要的都自动过滤了。”她注意到我手上的花，“这是送我的吗？”

“路上看到，觉得你可能会喜欢。”

“花这么易谢的事物，可不要轻易送给女演员。”她用手指轻轻探入花蕊深处，“但我喜欢百合的花语，集万千宠爱于一身，还能平静度过余生。”

我望着她湿漉漉的身体忍俊不禁，紧绷的涤纶面料泳衣贴合着她身体的线条，遮住隐蔽部位，露出她的婀娜腰身。我以为像她这样瘦的女人衣着一少就会突显单薄，但她恰到好处的少女感反倒很容易让人意乱情迷。

池水漫过的瓷砖路面湿滑，我牵着她走到换衣室，站在门口等候着，隔着门板听到莲蓬头花洒的温水落在她的肩上。室内水汽朦胧，再从门缝里涌出来，和我的脚底相连接，就像海水和陆地相连时那样亲密而不可分割。我感受到一股热潮潮的暖流将我溶解。

我说：“刚刚你游泳的时候挺美的，比海报上，电视上，杂志上好像还要美。”

她听不清，反复问了我几声，但我没再重复。我听着哗哗哗的声音，觉得此刻很安静。一切都宛如昨日，宛如我们刚刚相识的时候。她从浴室里走出来，穿了一件法兰绒睡衣，整个人显得柔软，就像当时我们从公交车上下来，她走进酒店大堂前，冲我回眸一笑时眉眼中凛冽的柔情。

“你介意陪我上楼画一画眉毛吗？”她把浴巾团在胸前，整个身体像一条细软的襟带，“你肯定理解不了没有眉毛的人生有多痛苦。昨天可能还剩半根龙须，今天一大早被泳池的水冲得毫无踪影。他们说我没有眉毛的时候虚弱得像个绝症病人。”

“但也有一个好处，就是每天可以随心所欲画成新的样子。”

“巧言令色。”

我们回到房间，乔薇坐在梳妆镜前，打开她的化妆盒。她边画着眉，边从镜子里看我。

“冰柜上还有半瓶红酒，可以先解渴。”

我把那束百合插在花瓶里，随后倒了两杯红酒。她的房间里保持着酒店的原样，除了阳台茶几下多余的几只花瓶。

“这是你上次说要送我的花瓶吗？”

“你喜欢哪个？”

“都朴素得要命，像是新石器时代的水缸。”

“那多特别啊，和你那台80年代的吊扇放在一起，既摩登又复古。”

“等它们以后在纽约大都会博物馆里出现，上面刻有你的名字，我是收藏者，倒也不错。”

“旁边再放一本回忆录，翻开第一页是我的墓志铭，由你记录下我的人生。”

“可能那会是我这辈子唯一的作品。”

“我适合昙花一现，而你会开成永恒。”她转过脸，眉毛画好了，青黑疏长，像一把刃口朝上的尖刀。她接过我递来的红酒和我干杯，抿一小口，走到百合花前轻轻一嗅，脸颊微红。

她放下杯子走到衣帽间换衣服，我走到阳台，靠在栏杆上看正午的太阳，正对面哥特式建筑的玫瑰花窗镶嵌着七巧板一样的彩色玻璃，光线穿过去就折成扇形，像飘荡的灵魂在长廊里游走。这个方位一整天都能晒到太阳，冬天突然变得没有那么冷。我转身离开阳台时不小心碰到脚下一个密封的箱子，缝隙里露出泥土。

“这是陶土吗？”我问乔薇，刚要蹲下来收拾，她立刻让我站住别动。她的牛仔裤穿到一半，还没来得及系扣子，上身没了睡袍，剩下蕾丝边的文胸，勒住乳房露出腰。

“那陶土有别的用处。”她肚脐旁边文了一只飞蛾而不是蝴蝶。我的眼睛没处放，怎么转动余光都看得清楚。我猜那些土就是从滨城带回来的，至于用作什么，我不清楚，我也没再继续往下追问。我知道她一定还是会守口如瓶。

她随手扯过一件白色的衬衫披在身上，迅速拧上纽扣，把衣摆扎进裤腰里，依旧纤瘦。

“其实这里风景挺好的。”

“看了这么久，我也还是觉得这里的景色耐人寻味，尤其是街景，有那么多来来往往的人，好像是比那些一站几十年上百年不动的建筑要有趣些。”

“可以考虑叫餐到房间里来吃。”我坐在沙发上，“我是说如果你觉得这样比较方便的话。”

“好。一举两得。”她走到阳台前把原先只拉开一半的窗帘整个全都打开，屋子里一下便亮堂宽敞起来，“那午餐我就自作主张给你点厨师的招牌了。听说菌菇类的食材都是从西双版纳空运过来的，味道很鲜美。”

我点点头，她便拿起房间里的电话给餐饮部拨过去，没有拿菜单，像是背诵一样很快就点好了，只不过现在临近中午，送餐可能需要四十分钟，她问我能不能等，我说没问题，反正桌上有酒。

喝到第三杯的时候我就开始上头了，浑身发热。我把外套脱掉，屋里暖气太足了，整个酒店的中央空调统一供暖，又没法关掉。她提议稍微把窗子打开一个缝隙，她刚好可以抽根烟。她从床头的抽屉里拿烟盒，压在一本传记书上，是帕蒂·史密斯的《只是孩子》，有一张书签夹在中间。她翻到那一页，突然自顾自地笑了。

“这是你的枕边书吗？”

“有一段时间觉得她很有意思。”她把烟点燃，靠着窗边，“你看过她那张专辑的封面吗？《马群》，那张模糊了性别界限的照片，出自摄影师罗伯特，他是她的灵魂伴侣，一个男同性恋，他们一起在纽约闯荡同居，最潦倒落魄的日子，去博物馆只买得起一张票，其中一个看完展览后向在门外等候的另一个人描述作品。后来罗伯特因为艾滋病先走了，但帕蒂记录下了这段快乐的时光，就在这本书里，我很羡慕。”

“那时候她很不羁，后来她竟然也结了婚生了两个孩子，拥有了稳固的婚姻。”

“没有哪个女人不渴望拥有一段长久的爱情。”

“我以为你会希望永远保持独立。”

“你知道吗，我其实是那种爱上一个人，就不管不顾所有人的眼光，也不在乎对方贫穷富贵，想要把自己拥有的一切、过去的所有全都坦诚交给对方的人。”

“你愿意给我这个机会吗？”我脱口而出的时候也被自己惊讶到了。

她的烟很快又燃到烟屁股了，烟丝里像添加了某种催情的肉豆蔻，气味弥漫在房间里，熏得人眼睛胀热。我们恍惚中把酒杯举得高高的，光从杯口射进来，在墙上留下剪影，红酒在杯中涨潮似的摇晃，我们被虚构的海水淹没，眼耳口鼻丧失功能，脑袋里有一团膨胀的棉花。我们鬼使神差地把酒一口饮尽，手搭在彼此腰间，我撕开她薄薄的衬衫，我看到那只飞蛾好像升到了胸脯，靠近心口的位置，我想捉住它。我们迅速地将各自的身体摊开在柔软的床上，我解下她的胸衣，她将我的内裤褪净。而我喜欢她身上那条紧绷的牛仔裤，松拉链时摩挲的声音有一种指间挑动的情欲，伴随着拉扯声，我低头亲吻她的脸颊、眉毛、眼睛和嘴唇。

我们很快就在这间被暖气充满的房间里湿透了，她的乳房耸立起来，像一颗尖塔果冻，我把头埋在中间，咬住那只快要逃走的飞蛾；她握住我像吹气球一样忽然膨胀起来的肉具，弹奏着铿锵的曲子；而我嗅见她紧闭的双腿间正散发着潮热，我用手指抚过那片原野，是热带雨林的蓬勃枝叶上渗出的露水，是沙漠之花底下暗流涌动的绿洲，是冰川融解后从山川湖海奔涌而来的瀑布……我的手臂穿过她的腋窝勒住她的后背，汗水交织，像蛞蝓泌出黏液缓慢地蠕行，像冰块在烈火中的撞击，我们贴合在一起，牡蛎一样牢牢扣住对方，试图撬开那层又薄又阔的须齿，用爱欲将里面填满。

灯塔把一切照耀得刺眼，我站在船舷上，用力抛锚，想在最后鸣笛的瞬间将一整艘巨轮顺利拉扯靠向岸堤，然后等待潮水退却，不再拍打礁石——但所有美好的一切，却在最后一刻功亏一篑，我松开了绳索，船身摇摇晃晃，没能靠岸。

我躺在乔薇耳边，喘着粗气，双手轻轻触碰那只缩回原处的飞蛾，在腹部正中间——阴道通往女人的心脏，肚脐通往前世的眷恋。

“对不起。”我把脸埋向揉得凌乱的床单，回避她的目光。她像母亲一样摸我的头，手指冰凉，我反而更伤感。她不知道我的道歉不是因为提早结束，而是因为从她的眼睛里看到了似曾相识的绝望。十多年前她被团团围剿的时候，那个站在月光下无动于衷的我，如今正用钝化的牙齿啃噬自己的肉身，祈求救赎。

“你道歉过很多次了。”

“但我没有别的办法能减轻自己的负罪感。”

“早就过去这么多年了。应该过去了，不是吗？现在说出来也并不能挽回什么，就让它安静地结束，挺好的。”她趴在床上抽烟，被子裹在胸前，两条腿勾起，身体的线条像一只海鸟，一只伤痕累累无法飞起的海鸟。我清醒了，我第一次彻底看清楚她并不完美的身体。

我明白，此刻我就算说出来了，对她而言也早已无济于事，只是对我自己多年来愧疚悔恨的一种终结。我希望得到一个回应，好让我放下这一切，这是多么自私啊。我恨透了自己的软弱。

门铃响了，送餐的侍应生把推车推进来，摆满一桌子菜。我们穿上衣服，衣冠整洁地坐在彼此对面，像是什么事也没有发生，成年人永远拥有这样可以在下一秒恢复平静自欺欺人的能力。但我们两个都没了食欲。许多没听过的食材，我看着菜单条——油炸的火把鸡枞，深红如血的大红菌，淡素嫩滑的青头菌，鲜美飘香容易让人出现幻觉的黑牛肝菌，因被手触碰就会变成蓝绿色而得名的见手青……我只知道它们都是蘑菇，却不知道原来蘑菇和蘑菇之间有这么多分别。

"我母亲是云南人。"乔薇动了筷子，夹起一片切得薄薄的奶浆菌给我，"放心，这是里面最没有毒的。"

听到有毒，我嚼到一半进退两难，不敢吐出来也没法下咽。

"其实煮熟了都没什么毒，这里最毒的也不过会让人出现幻觉，但比致幻剂产生的效果要好多了。就好像是造梦一样，你觉得自己是清醒的，但是世界被拼凑成了另一个形状，美轮美奂。"

"你试过吗？"

"很多年前。"乔薇随手夹起就吃，"云南人走到哪儿都得吃菌菇。我妈去了香港给许先生煲汤，按说香港人的汤算顶级了，但许先生喝到我妈从云南带去的菌菇煲汤，魂牵梦萦，一口难忘。这么多年他一直计划着要在香港开一家云南菌菇馆，他已经收了很多茶楼了，可惜现在没机会了。"

“不一定吧。”我小声喃喃。

“好喝吗？”她托着下巴问我。

“嗯，很鲜。”我把头埋在碗里，假装享受地喝下一大碗汤。

她满意地笑了笑。放在桌面的手机突然响了，号码没被存过，是一个跨国电话，来自温哥华。她犹豫了一下，拿着手机走到阳台上接通。

我能猜到是谁。她离开座位，我觉得自己松了一口气。我没告诉她我菌菇过敏，没过多久，我的手臂已经长起了一颗一颗红色的小疙瘩。我不敢挠破，但这确实会让我奇痒难耐，我努力保持冷静不去注意，但我没法保证可以很好地控制我的情绪。

“我一直以为你们俩没联系了。”

“和谁？”乔薇挂了电话，正一脸淡漠地往回走。

“郑亚仁。我应该没猜错吧。”

“你这是在介意这件事吗？还是……吃醋了？”她甜美得像一颗毒药。

“我应该没这个资格，但……不管什么立场，我都劝你远离他。你应该知道他是什么性格的。”

“只是商业往来。”她若无其事地继续喝一小口汤，“日本服装厂不愿意接受动物皮毛的材质，他们出完设计稿我只能找郑亚仁帮忙，在加拿大完成这批衣服送过来。刚刚海关清查出了问题，他让我自己解决，可我又不是三头六臂。”

“那批货清查出了问题，涉及走私被扣押吗？”

“这我不管，我只关心我下个月的大展能不能赶得上。他们是不是有利可图，那是他们的事。”她看不出一点着急的样子，我想不到任何理由，除非她明知道无论如何这批货都会被放行。

“许先生曾经利用你作为幌子，还是要挟？其实你早就知道了，只是不愿戳破，对吗？从始至终，这都是你的复仇计划，他们一个个不是身陷囹圄，就是死无葬身之地。你让这些男人互相挑拨离间，为你而生，为你而死，而我也只是你的一颗棋子吧。下一个呢？下一个是谁？”我终于忍不住，一口气把心里所有想说的全都说了出来，“对不起，乔薇，我欠你的，你可以拿我的命去还，但我真的不知道，我这样子做究竟是在帮你还是害你。所有决定，都只有你一个人可以完成。”

我转身要走。

“决明，你不要走。我找不到可以相信的人，你知道我这么多年活在多么巨大的恐惧之中吗？”她猛然冲上来从背后一把抱住我，但我推开了她，直到看见她的嘴唇颤抖着，我分不清这是表演还是现实，“我不是他们的对手，哪怕是许先生，我也只是一直被他操纵被他玩弄被他当作动物一样地驯服，但我离不开他，我一无所有身无分文，我必须迷恋他，我不断说服自己这种扭曲的折磨不是囚禁不是虐待，是爱。”

她再一次把身体摊开在我面前，强光下，我才看清她的乳房边缘、大腿内侧那些被一刀刀剜下的老肉早已长出新皮，她身体还有无数个这样细长的不太能轻易察觉的伤口，疤痕累累。

我心如刀割。我内心所有的堤坝全都溃败得不堪一击，甚至不敢触碰她的身体，我不知道轻轻一碰，她是不是都会疼得要命，她的身体是不是就会瓦解破碎……

“衣冠禽兽！你为什么不逃，为什么不躲得远远的！”

“他把我介绍给郑亚仁的时候，我几乎以为自己要得到解脱了。”她静静地说，“但没想到和他比，郑亚仁有过之而无不及。我自始至终都是一件任人挑选的礼物，金玉其外败絮其中。有些人的命，从出生就注定了，不是吗？这是我的命数，逃不掉的。”

“那你现在就跟我走，我们离开上海，到一个没人认得的地方，你愿意吗？”

乔薇痛苦地摇摇头：“结束不了，一开始就注定了我没有赢面，充其量只能和对方打个平手。伤人七分自伤三分。”

“不要赢，不要平手，什么都不要，重新开始，忘掉过去。”

“现在不行。我要让成军后悔，让他付出代价，让他死无葬身之地，然后才能结束这一切。”

“为什么？”

“当初是他抛弃了我和母亲！他为了自己的仕途娶了一个有背景的女人，哪怕那个女人丑陋不堪，他根本就不爱。他对我们却毫无愧疚之心，连看都不肯看我一眼，让我成了私生女，受尽欺辱。”

“你拿什么去跟他拼呢，你连见他一面的机会都没有。”

“他会出现的，只要我足够强大，就能够和他对话。”

我们都太低估对手了，也太高估自己。

当年许先生利用乔薇私生女的身份，暗中威胁成军，让他联手帮助自己，打通海关特批口，方便走私，两人分赃。他费尽心思把乔薇打造成众人皆知的明星，就是为了把利益链条越加越长，让成军骑虎难下。后来雷鸣也发现了这个秘密，于是千方百计想要见到乔薇。什么杂志封面，什么爱得深切，统统都是假的。直到许先生一死，Jessica 发现了蛛丝马迹，也想从中捞一笔，才使出浑身解数，要见到乔薇。她知道乔薇不会信任任何人，才没有直接出手。但偏偏她运气好，发现了当年的滨城往事，于是找到我，让我作为中间人，与乔薇达成合作。可惜 Jessica 最后还是棋差一招，惨死狱中。

如果你爱上一个演员，而这个演员告诉你她不会演戏。

那么你该相信她说的话是真的吗？还是会忍不住时时刻刻都怀疑。

一段感情，从一开始两个人就没办法相信彼此，又怎么能给到对方真正的慰藉。

不如不爱。不如相忘。

我不可能一直用这种自欺欺人的方式来说服自己——并不是因为我有多爱她，而是为了救赎，她任何时候需要我，我都一定会出现，没有还价的余地。

我们的相爱从始至终或许就是我的一厢情愿。

“这是你上次拜托我拿到的雷鸣的账本，我尽力了。每一次你需要什么，我都使尽浑身解数去帮你，我不后悔。谢谢你今天告诉我这些。虽然我早就知道自己不过是你计划中的一颗小棋子，但这么长时间以来，是你让我第一次体会到两个人在一起，那种互相温暖的感觉，像是家一样。不管这份感情是真是假，至少在我这里，我努力过了。后会有期。再见。”

我把账本放在她的桌子上。我拼命让自己决绝一点，任她怎么呼唤我的名字，都不回头。快步离开酒店，下楼。招手打了一辆出租车，回家。

上海的街道在车窗的后视镜里变成一卷胶带，在烈日下曝光，我和乔薇经过的地方，最后都被烫得焦灼不堪。

贝壳躺在沙发上看完了一整套希区柯克。我第一次看见一个人全程哭丧着脸看完，不论剧情在演什么，他始终在哭，但哭过后就好了。

“还顺利吗？”他忍住哭腔，哽咽着问我。

“挺顺利的。”

贝壳有些惊讶，但还是小心翼翼地“哦”了一声。

爱情没有真相。所有的爱情发展到最后可能都会变成惊悚片，剧情中途就已经告诉你答案了，只是你不去相信，又或者，你相信了，但无法让自己暂停。但愿人们不要过分执着。

我找到了抚慰创伤的方式，不是用另一份爱去冲淡它，而是把爱原封不动地还回去。

“复仇是甜蜜的，而且不会发胖。”贝壳什么也没学会，只记住了这句诡辩。他说这句话的时候已经在精心准备了，他从便利店买了一千个打火机，然后非常耐心地给这一千个打火机的屁股都扎个洞，把里面所有的油液放掉，让它们空空如也。他准备了一个巨大的礼物盒，把这些打火机都放进去。他还写了一封诅咒信，诅咒杰森永远得不到爱情。

我不理解那一千个空掉的打火机寓意是什么。

贝壳告诉我："它最大的寓意就是——没有寓意。Jeffrey 只用火柴，但他一定会有身边没有火柴不得不用打火机的时候。他有一千个打火机，但没有一个能用，他试了一千次，体会了一千次绝望，但他还欠我两千八百六十次——我们分开三千八百六十天，我要他一直欠我的，连绝望也欠着我。"

贝壳这么说的时候幼稚得可爱，他就喜欢玩这些稀奇古怪的花招。但我知道他不是真的要 Jeffrey 付出什么，他只是想让 Jeffrey 记住，记得深刻。可是，爱情已经结束了，记得或遗忘，又有什么重要呢?

所以在最后寄出前，贝壳还是把那封诅咒信撕掉了，只留下八个字：我不爱你了，再见。

我们两个照常去 PARADISO 喝酒，喝到醉眼迷离，喝到两腿软得走不动路，喝到一路吐一路笑。他视若无睹地看着 Jeffrey 从他对面经过，他已经不会动容摇摆了，他的目光漫不经心地穿过 Jeffrey，看向他身后的那个人，然后淡淡问我，这个男的怎么样?

庆幸 PARADISO 那个挂了这么多年的招牌没有更改过，它让我们的人生有了一点与众不同的东西可以怀念。

那个冬天真的有点漫长。每天走在上海的街道上，马路清洁得以致萧条。每一处街角，我都能看到乔薇的巨幅海报，挂在楼侧最显眼的位置，铺天盖地。短短时间，她的服装品牌接二连三地宣告店铺开业，上海、东京、伦敦、纽约，乔薇成了新时代女性的典范，她开始接受各式各样的媒体采访，她好像变了，她学会了给自己造势。从前她是大家藏在心中的那个不愿与人分享的秘密，如今她成了街头巷尾人人都在热议的明星。她想要自己璀璨夺目地站在舞台中央，然后完成她埋藏已久的夙愿——也可能是亲手摧毁。没有人知道她究竟想做什么，可能连她自己也没想清楚，但她在向某个目标步步紧逼。

小年夜的那天晚上，我们看到远处天上绽放出朵朵烟花，像童年时代含在嘴里怕被别人发现的彩色跳跳糖，从夜空中滚过，贝壳惊呼，真美。我拿出手机拍了一张照片，记录下这个瞬间，想传给乔薇，但不知道说些什么，就没有按发送。

离春节越来越近了，弄堂里好几户人家早就挂起了红灯笼，贴上了对联，这条路比从前更亮堂了。我有一天回家，大老远就看到我们家楼下有一个模糊的男生身影在路灯下打转。我喝得醉醺醺，一开始没注意，直到走得非常近了，我看到那张脸，才认出来，是杰森。

“你是来找贝壳的吧，他喝醉了，在家里躺着呢，我帮你把他叫醒。”

他抓住我的肩膀，让我不要上楼，不要惊动贝壳。

“我知道他肯定恨死我了，我没脸见他。我收到他给我寄的礼物了，难为他这么多年还记着我。我真是个十恶不赦的大坏蛋啊。哈哈。你不介意的话，我们去旁边公园坐坐，可以吗？”

“好。”

他坐在长椅上，沉默了几分钟，没有说话，大概在梳理自己的情绪。

又有烟花把天空照得透亮。嘭——像是心跳声。

他长长地舒了一口气。

“我本来就不是个好人，贝壳认识我的时候应该就知道了。我生性浪荡，很难跟一个人一直好下去的。谢谢他那些年一直包容我，现在回想起来，真的挺感激的。但爱情这个东西，不爱就是不爱了，骗不了自己，也骗不了别人。我现在看到他，可能就像是看到一个阔别重逢的亲人。但真让我再想起其他什么，我想象不出来，也表演不出来。”

当年在曼谷，Jeffrey 和人血拼，剩下半条命，被路过的陈启龙救下来，本来身上就背负着人命的他，当然得改头换面。陈启龙带着他走南闯北，后来留他打理东南亚的业务。贝壳回了上海，两人就此别过，再无交集。陈启龙在吉隆坡和新加坡开茶餐厅，做华人的生意，挣回了一小桶金，还清了当年在香港欠下的债，又用许伟杰的名字，重新回内地，一步步把乔薇捧成明星，一晃就十年过去了。

三年前，Jeffrey 在新闻上看到许伟杰被人谋杀的消息，立刻放下手头的业务，回到香港，一路寻找许先生的消息。功夫不负有心人，他得知原来当时许先生大难不死，找了个替死鬼沉溺到青衣货柜码头。但许先生被乔薇用刀划糊了脸，又被人打断了腿，那批货物叫人洗劫一空，他不仅身无分文，还欠下一屁股债。本来生意是和郑宏父子谈好的，郑宏提供仓库和渠道，许先生出货搞定海关，结果却闹出这么大的事情，码头差点被人查封，整个黑帮的人都想活捉许先生，他就一路化名逃了三年。

等到风头过了，他才终于敢出来做事情，但不方便以自己的身份，便让杰森来负责华庭会所的事务。他一边驻扎上海，重新白手起家；另一边，偷偷留在码头附近，想查清当年的事情，是谁空手套白狼，把那批走私物料拿走的。

直到那次许先生见到我，并且看到杂志上刊登出乔薇和郑亚仁住在一起的消息，他才彻彻底底反应过来，千算万算，原来内鬼不是别人，正是自己的合作伙伴，郑宏这个老滑头！

是乔薇把许先生用自己威胁成军获取海关审批的事情，交代给了郑宏，他们才过河拆桥，上演了这一出借刀杀人的戏码。

“许先生要报复乔薇吗？”

“他要真想弄死乔薇，她活不到今天的。”Jeffrey 笑了笑，说：“他们之间的恩恩怨怨，太复杂，你和贝壳还是不要卷进来，这不是你们能解决的。”

“其实你还是在乎贝壳的，不是吗？”

他摇摇头：“这么多年，早就过去了。如果贝壳一直在等，只是想要我给他一句结束的交待的话，请帮我转告他，谢谢他曾经来过。祝他幸福。”

Jeffrey 走后，我没有告诉贝壳他来过的事情。

我觉得贝壳从寄出那封信开始，就已经释怀了。如果再让他知道，Jeffrey 曾经来找过他，我怕他又会有什么幻想。

有时候我和贝壳真的是一样的人。

一点蛛丝马迹，都会忍不住给自己心理暗示——乔薇是爱我的吗?

哪怕只是一句话，一行字。

乔薇的邀请函如期而至。

上面除了铅字打印的邀请信息，还有用圆珠笔写的一句话：你说过的，后会有期。

贝壳从信箱里偷偷把邀请函递出来给我的时候，拍拍我的肩膀告诉我说："每一段感情都来之不易。"

"所以我该去吗？"

"这得问你自己。"

那张邀请函就像别在心口的胸针，闪闪发亮，隐隐作痛。

17

上海的蜡梅全开了，但我们像两株凋谢的枯草。

贝壳让我去散散心。松江的方塔园，浦东的世纪公园，蜡梅开满枝头。我以前以为蜡梅和其他梅花一样是粉红色的，但后来发现蜡梅之所以叫蜡梅，是因为它的花瓣润黄如蜡。

赏花的人很多，我却心不在焉，走马观花。从西边到东边，其实时间全都花费在漫长的地铁路程上。快过年了，我坐在空荡荡的车厢里，第一次觉得上海其实也没那么拥挤——以前站在人群背后，还可以肆无忌惮地躲避，可现在独自一人，就必须要面对自己。

回去的路上，我鬼使神差地在中途下了车，跑到华季酒店旁边的露天咖啡馆喝了一杯危地马拉，想提神，却被烟草熏过的咖啡味呛得难过，那让我想到乔薇的手指上缠绕的烟味。

我试图说服自己：就算是告别，也要郑重其事一点吧。你知道她的地址，知道房间号，再不济你也知道她的电话号码。上楼去，或者约在这里，见一面把事情说清楚，不欢而散也好，平静结束也好，都好过现在这样躲躲藏藏。

但我还是跟缩头乌龟一样。我束手无策，我像一摊烂泥，低到尘埃里，始终没敢上去。

回到家，我给母亲写了一封信。

我从来没有觉得，自己有这么多问题想问她。从前我不屑一顾，觉得她顽固、肤浅、陈旧、自负……那是上一辈人的感情，时过境迁，于我没有任何借鉴意义。我以为自己面对的感情问题要比他们复杂得多，但所有的感情，归根结底，都一样。

给我一个答案，痛快的答案。

我问母亲，你费尽心力，这么多年寻找父亲，有意义吗？如果他告诉你，他其实没有爱过你，对你没有任何感情，这值得吗？

问出来之前，我其实已经预设答案了。父亲不爱我们，否则他不会离开这么多年，走这么远，对我们唯恐避之不及。那母亲爱他吗？那种较劲是爱吗？

还是其实，所有的爱，都需要暗自较劲。

和对方较劲，和时间较劲，和人生较劲。

如果爱里有输赢，输的那一个，是较劲的途中先离开的吗？还是留在最后孤独老去的？

如果爱里没输赢，那我们倾注一切，只是为了求一个心安吗？

我像是在同母亲发问，却又更像是在自问自答。我其实早就有答案了，只是不敢去求证，害怕失落。

我把信整整齐齐叠好，贴上邮票，寄出。把信投递进邮箱的那一刻，一切好像尘埃落定，即使没有收到回信，我也知道自己该怎么做了。

众人瞩目的时装周，压轴表演是乔薇服装设计的首展，迟来的冬季皮草高定秀，地点别出心裁地选为黄浦江上一艘开动的巨型豪华邮轮。我不知道为什么时间挑在了春节前后，整个上海人最少的时候，居然还能引来这么多的围观者。难以想象那种万人空巷的场景，他们站在岸堤边，像是跨年倒计时一样的隆重，展会开始前的几个小时就大排长龙。但他们不知道，码头会场的入口严格得不容浑水摸鱼，所有的参会者在接受邀请后都被要求携带身份证，对号进场。

傍晚，黄浦江两岸的建筑群最先明亮起来，钟楼准点报时，天气平淡无风，宁静得让人惴惴不安。

金色帷幕升起，宴会厅的展台前放着一幅墨西哥女画家弗里达的自画像——从子宫里剖出一个婴孩。她一生破碎而绚烂，渴望重生又迷恋死亡，做过 31 次手术，大半生在病床上度过。她在画布上不断切割着自己的身体和灵魂，鲜血淋淋，支离破碎。

谁也不知道乔薇挑选这幅画的寓意是什么。

所有人落座后，乔薇在聚光灯下缓缓出场，她穿着一条黑白长裙，胸口斜斜点缀着银色亮片，就像小型的复活节彩蛋，锯齿形的黑貂皮草披肩笼住衣袖，露出长长的脖子，胸口挂有一串项链，一个巨大的水晶石坠子，带着一缕珍珠流苏晃来晃去。

一向以简约为美的乔薇第一次穿得这么繁缛而隆重，她没有说话，也没有致开幕词，而是从舞台中间经过，面无表情地退回休息室。

第一个环节是晚宴，我被安排在了主桌，坐在最显眼的位置。我穿着一套不太合身的西服，与场上陆陆续续到来的各式宾客格格不入。一线演员、歌手、世界顶级华裔设计师、导演、艺术收藏家、投资人、媒体记者、千挑万选的粉丝群体……我甚至惊讶地看到了郑亚仁和杰森。我努力在整个大堂里搜寻许先生的踪迹，他曾经说过，我们还会再见面的。但我找遍了全场，也没有看到他。

当然，除了这些和服装行业还算沾点边的常客，听说今晚迟些时候还有一位政要高层到场。乔薇这么费尽心力，等的那个人。

八点，酒足饭饱，大屏幕上开始播放专门为乔薇的服装设计拍摄的短片和广告，在大家聚精会神的当口，中间的饭桌被迅速撤离，宾客移驾两旁，空出一条走秀台。

聚光灯还没来得及打出，后台的模特也仍在候场，突然，一个头顶黑色丧带的女生冲到台前，手中抱着 Jessica 的黑白照片，对着遍布四周的摄像机呐喊，要凶手以命偿命。

是 Nicole。

这个戏剧化的开场还没来得及发酵，Nicole 就被训练有素的保安整个架走，她与我擦肩而过，超过我后特地转过头，突兀地对我喊了一句：“决明，害死 Jessica 的人是乔薇，是乔薇！”

我被她的话惊住了。

闹哄哄，大家像看笑话一样，你一言我一嘴。乔薇站在舞台最旁边，却无动于衷，目光完全不在会场的焦点上，而是四周观望。我看见她突然往贵宾休息室走。

我快步追上去。

我们停在了船舱护栏边，她用手臂夹住栏杆，没有抽烟，而是深吸了一口气。夜色温柔，黄浦江的风里夹杂着醉人的气味，我第一次看到她紧张。

“我等这一天很久了。”

“为了这场展览吗？”

乔薇摇摇头，她的笑容里透露出一丝迷惘：“那是一种对人生又爱又怕的感觉。”

我和她面对面这样站着的时候，我不敢看她的脸。我想了很多种开场白来质问我们这段关系要怎么办，但当我看见她的时候，我的心就会柔软到好像一句话也说不出了，似乎一切都不重要了——爱或不爱，彼此的关系——哪怕她从来都只是在利用我。此时此刻我能站在她身边，我就已经知足。

我告诉自己，珍惜这一刻。

她从贵宾室的货仓里推出一个包裹严实的展品。屋外此时已经响起走秀的伴奏乐，但乔薇好像对整个走秀毫不在意一样，聚精会神地拨弄手中这个巨大的箱子。

“帮我推出去吧。”

“里面是什么？”

她没回话，而是自顾自地将其打开。最后一层包装揭开时，我才清楚地看到全貌，一阵毛骨悚然。

“你应该知道这是什么。”她蹲下身来，从束口袋里拿出一条毛巾，轻轻擦拭灰尘。

我的确知道这是什么。这是一个用来装尸骨的皇金瓮，滨城特有的风俗，那天在酒店看到的陶土，显然已经变成了今天这个大陶缸。深棕色，宽口宽腰，外面雕有一只落寞的孔雀，在舔舐自己的羽毛。美则美矣，但我仍旧觉得浑身不舒服，捂着鼻子，扭过头去。

“放心，里面是空的。”乔薇把皇金瓮硬推到我面前。

“这也是你今天的展品吗？”

“不，是送给一个人的礼物。”

“是……他吗？”

乔薇顺着我手指的方向看，愣了一愣。是雷鸣。

乔薇沏了一壶茶，面色凝重，我们坐在沙发上，乔薇率先打了招呼。

“好久不见。”

雷鸣也客客气气：“别来无恙。第一次这么近距离看你，果然是冰清玉洁的美人。”

“我以为你不是孤身一人过来的。”

“本来不应该只有我一个人的，但我临时改变了主意。如果你在等成军，恐怕要让你失望了。”

“所以你是来报复的，什么条件？”

雷鸣摇摇头："不了，一来二去，两清了。我们早就不是彼此的筹码了，我就是来和你道个别，各自珍重。我想了想，让一个人难受的办法，就是让她永远也得不到自己想要的东西。你不会以为证据只有你有吧？我来之前，许先生已经托我把证据递交给纪委了。刚刚收到消息，开船前成军就被抓了，当朝红人转眼变成落马贪官，多好的新闻标题啊，适合你来写，决明。这一船的人都难逃宿命，要不了五分钟，这里就会乱作一团。我和你，有机会还能在狱中相见。"

他说话掷地有声。听到成军被抓的那一刻，乔薇的脸像是定格了一样定在那里，纹丝不动。

"你骗我。"

雷鸣不言。

"许先生呢？"我忍不住发问。

"船开动前他临时走了。他想了想，他见过乔薇最美最动人的样子，那个形象还是永恒留在他脑海里吧，挺好的。"

还没到五分钟呢，我们就听见宴会厅的音响被一阵刺耳的喇叭声干扰，所有人都拿出手机打电话。船身不按计划航行了，突然往回掉转，开往码头。这比发生船难更恐怖，那些无关紧要的人，也被搅进这场腥风血雨的漩涡里。

雷鸣幸灾乐祸道："等一上岸，我们就是囊中之物了。"

乔薇说，她等这一天等了 30 年，她做梦都恨不得见成军一面。从前是想把他千刀万剐，现在，好不容易把所有证据牢牢攥在手里，她迫不及待地要享受威胁他，亲手把他毁灭的感觉。

可还没来得及实现计划，一切就都结束了。

潦草的人生。

雷鸣走过去和乔薇拥抱，他用手臂将乔薇的脸搂在自己宽阔的肩膀上。他的嘴唇轻轻靠在乔薇耳边，悄悄说："他们都说你会颠倒众生，我一开始是不信的，现在我信了。"

乔薇眼眶泛红，但她没哭。雷鸣一走，整个休息室就剩我们两个人了。

乔薇落寞地坐在沙发上，看着摇摇欲坠的灯泡，听着周围嘈杂而荒谬的逃难声，就像是被洪水冲过一样的仓皇。她的脸色无比难看，苍白得像干瘪的棉絮。她想把自己撕碎，却发现无处可逃。我站在一旁揪心地看着，也没法替她分担什么。

她说："你走吧，留我一个人静一静。"

但我没走远，我就坐在旁边另一张沙发上，看着那只空荡荡的皇金瓮。

"这只瓮你打算怎么办。"

她望向我，泄气似的笑着。那一颗千锤百炼的心，一瞬就破碎成灰了。

"留在这艘船里吧。反正一切都没意义了。"她自嘲起来，"鱼死网破，同归于尽，玉石俱焚，两败俱伤……到底是谁发明的这些狗屁词语啊。我连见对方一面的资格都没有，真可笑。"

"你对成军，真有这样的深仇大恨吗？"

她摇摇头："你永远不会理解那种感觉的。他们都说恨一个人是因为爱，但我从来没爱过他，我只有恨，从出生开始就带来的恨。

“我第一次见你的时候就告诉过你了，我喜欢看你们男人盛气凌人又不知所措的样子。你们只有在为了女人的时候才会互相攻击，搅作一团。我势单力薄，卑微无能，我唯一可以用的方法只有你们。

“你一定想问我很多次了吧，关于我母亲乔雅，还有那张挂历。我高中的时候，的确有这么一个男人，不远千里，只是为了要看我母亲一眼——那个挂历里的女人。他是个浪子，但和你太不像了，你的父亲，我记不起他的名字了，但你们有一模一样的眉毛和眼睛。他问乔雅，人怎么样，才能自由，才能不痛苦啊。乔雅骗他说，你一路往西走，找到太阳落下的地方，那里就是自由。

“乔雅和我一起等了这么多年，后来终于想通了，她也想要自由了，于是二话不说把我抛弃，让我也去自由生长。这算什么？

“我知道，所有我都知道，许先生在利用我，Jessica 也想分一杯羹，雷鸣当然不会放过我，所有人对我趋之若鹜，当然不是因为我，而是因为我身后的那块肥肉。所有人，都像是森林里抢食猎物的野兽，我把他们引了出来，放在上海这个巨大的修罗场里，我想要搅乱所有秩序，只是为了让他注意到我，让他们后悔。

“但我用所有的痛也换不来他看多我一眼，我打上所有的聚光灯也没法让他的目光在我身上停留。我知道他们都在暗处看着我，他们有自己稳固的人生要去过，成军离不开保他仕途无忧的发妻，乔雅也找到了一个爱她、愿意和她一起堕落到谷底的男人。那我呢，我是多余的理应自生自灭的那个吗？身体发肤，受之父母。是他们先丢掉我的，所以我要一刀一刀划破自己，让他们疼，让他们受尽欺辱。

“我为了今天盛装打扮，我等待这么多年，练习这么多年，只是为了能够轻轻地、不动声色地和过去做个了断，做个告别，然后做个永不醒来的好梦。我想当着全世界的面告诉他们，是我把自己重新生了出来，不是那种剔骨还父割肉还母的重生，而是用钝刀从胸口切出一道口子，连筋带骨地挑出来，最后脱胎换骨。但他没来，她也没来，我表演给谁看？我的人生结束了，彻底结束了。”

乔薇抱着沙发，她咬牙切齿说着每一个字，她没有哭，眼泪却一直在流。

“我今天是不是很丢人。”

“不，今天是你最美最动人的时刻。”

她破涕为笑，提着裙子走到我跟前，抚摸着这个皇金瓮，眼泪滴在那只孔雀上。

“这只孔雀真漂亮，我用满手血泥把它刻出来的，好像活的一样。可惜就这样浪费了。你看过那个电影吗？就叫《孔雀》。”乔薇问我，然后开始复述里面的台词——

“我们所有人都像孔雀，身上长满了故事，一生中经历过的爱恨情仇，如同色彩各异的羽毛长满人生。人生是个笼子，我们每个人都被关在里面，别人欣赏我们，我们也欣赏别人，同时我们也欣赏自己。”

她脱下自己身上所有的缀饰，放进皇金瓮里，盖上盖子："我知道你一直都很想跟我道歉，但其实没必要的，我一早就知道丛林中的那双眼睛是你。谢谢你的出现，让我有勇气多爱自己那么一点，可能为了你，也可能是自私自利为了自己。我知道今天以后我们可能没有机会再相见了，所以，拥抱一个吧。"

我们脸贴脸抱在一起，温热的，缠绵的，我第一次理解一个词——依依不舍。

"最后……"我想了想，还是没问出口，"珍重。"

船身发出呜呜的低鸣，一团黑色的烟雾飘往天际。其实很短暂，但我们望着彼此的脸庞，多希望可以再漫长些，好像再多一秒，我们就可以永远记住对面这张脸，不再遗忘。

抵岸了。乔薇漂泊了这么久，总算找到了一个归宿。人群作鸟兽散，乔薇站在宴会厅一片狼藉的现场，看着那些漂亮衣服掉了一地，她其实有些心疼，那些从被猎杀的动物身上剥下的皮毛，无辜又惨烈。她觉得自己罪孽深重——其实她早就这么觉得了，可她又觉得自己无力回天，她才是那个应该被同情的人啊，自己和那些被披在肩上当作点缀的皮草又有什么分别呢?

她轻描淡写地把所有事实和真相告诉了我，她说她虚构了这一切，虚构了自己的人生。我多希望这只是一场虚构，像梦一样，可以随时醒来，翻篇，再梦一场。但我睁开眼，猎猎江风吹在脸上，刺疼，我知道一切都是真实的。我想我唯一能做的，就是祈祷上海的冬天快点过去，祈祷天气不那么冷，时间不那么温吞。好让我站在日历本前，坦然撕掉过去这一整年，让它空缺。

滨城。2001 年春夏交替时，雪莹的爸爸从香港回来，带了漂亮的瑞士糖果，那是雪莹第一次主动走到程微微面前向她示好。雪莹剥开彩色的包装纸，将巧克力递到程微微手里。

“我其实是在香港出生的。”

程微微这样告诉雪莹的时候，单纯的雪莹发出了讶然的声音，她把果仁口味的巧克力含在嘴里，甜甜的，她说等自己毕业了也要去一趟香港，她爸爸做生意每个月都会去，但她一次也没有去过。程微微认真地向雪莹介绍了香港的街道：砵甸乍街上破铁皮屋旁的二手书店，中环荷李活道上的艺术馆，上环摩罗街里贩卖的古玩、丝绸地毯和徽章，还有维多利亚港……她形容得绘声绘色，事无巨细——尽管那时她从未去过香港，而那些景色都只是她从地图册里看来记下或者道听途说来的。

她们的这段友谊在一个月后升华到制高点。那天晚上程微微借宿在雪莹学校的寝室，凌晨两点，程微微让雪莹陪她上厕所，那需要经过漫长的一段路，走到树林的另一头。乍暖还寒时候，天有些冷，程微微脱下自己身上的薄外套披在雪莹身上，雪莹说了一声谢谢，站在摇摇欲坠的围墙外头等微微。但她没有等到微微，而是等来了一场挥之不去的梦魇。

程微微从厕所出来时，雪莹的身体像被折断的树枝一样瘫在草堆上，伤痕累累。程微微面无表情暗中观察着一切，她清点人头时警惕地发现少了一个男生，那些写有“凌晨两点，维港开埠”的纸条由她亲自挑选挨个儿发出——而那双躲在树林背后一动不动的眼睛，是谁？

结束之后，她抱着浑身颤抖的雪莹，把她连夜送回家。那是她第一次面对雪莹的父母，雪莹已经泣不成声，但程微微丝毫没有胆怯地将事情经过复述了一遍，然后冷静地告诉对方为了雪莹今后的人生，故事或许还有另一个版本：那天晚上被强奸的人，是这个罪有应得的程微微。

这当然是一个令所有人都满意的答案。程微微从雪莹父母那里拿到了一笔钱，很快就消失在了滨城，销声匿迹。

这世界上不再有程微微，取而代之的是乔薇。

离开滨城时，那一整个屋子的行李她一件都没有收拾，除了那张挂历海报。背景是维多利亚的不夜港湾，画面正中间穿着桃红色针织薄衫的性感尤物是母亲乔雅。

那个从挂历本上撕下海报千里迢迢送来的男主人是谁，她早就不记得了。每天都有那么多形形色色的男人给她们献殷勤，漂亮衣服、皮包、银行卡、玫瑰花……那使乔薇从小就明白了作为女人的好处。她的母亲是一个人尽可夫的女人，就连小学开家长会，都忍不住在结束后把已婚男老师带回家。

乔雅在里屋做爱，乔薇就被赶到房间之外，弥补给她的是一张充满自由气味的钱币。她可以用美貌换来任何想要的东西，她爱这些因为美而获得的虚荣，可她又时刻深切厌恶着。

为什么会有人迷恋一张一文不值的海报中人？那个奇怪的男人最后竟还愿意带走这个因为毒瘾而瘦得不成人形的中年妇女，这个早已不如海报上婀娜的女人。他愿意为此而沉沦、堕落谷底。他说他因为这张海报找了她好多年了，他携妻带子到广东做生意，又从深圳过关去了香港。他曾经带着这张挂历去维多利亚港，在那里站了一整夜，海风吹得他眼睛发涩，他以为此生没有机会了，没想到最后辗转到滨城，终得相见。

乔薇当然不会相信这种虚无缥缈的爱情。纵使是很多年前，乔雅依偎在成军怀里互诉衷肠的时候，尚未出生她就不相信他们俩曾彼此相爱。否则，乔雅怎么会故意扎破那个避孕套的顶端，从而收获了一个以此谋生的要挟？

21 岁。乔薇站在维多利亚港前，轻轻摊开这张印着乔雅挂历的海报，把它折进一个信封里，寄给一个叫许伟杰的男人。一个月后，他们在上海威海路 696 号的展览馆相见，开启了一段短暂完美的人生。

许先生利用她私生女的身份换取成军开辟特殊海关通道的照顾，互通利益；乔薇等待着有一天可以站在那个给了自己基因的男人面前相视一笑。

但一切都是徒劳。许伟杰从来就没有打算让他们两个碰面。黑子和白子，从来都只能用在棋盘上博弈。乔薇亟须找到另一个宿主，一个有机会可以周旋在成军身边的人。她以为那个人是郑亚仁的父亲郑宏，她曾使出母亲教给她的招数，尽可能地千娇百媚楚楚动人，可惜棋差一招。

乔薇真正该找的那个人，其实很早的时候就聪明而适时地出现过了，就在多年前的一桌酒局上。只不过彼时那人还只是一个富商的情人，是附属品、陪衬，如今摇身一变成了上海交际圈的名流。乔薇搜寻记忆中她的名字，Jessica。乔薇轻轻翻开《雷蒙德》杂志的目录条，目光停留的方向正冲着华季酒店阳台外面那扇玫瑰琉璃窗，她喝下一口白兰地，光在墙面上投掷出一片虚影，她不动声色地给 Jessica 寄过去一张明信片，以及一枚刻有 BK 字母的徽章。

不久之后，乔薇在茫茫人海中遇见了我。

一切都像是注定的一样。

尾声

这是我第一次和母亲一起在上海过年。我从那堆废旧箱里翻找出我们过去的全家福，钉在雪白的墙壁上。我给母亲买了和照片上那件桃红色针线衫一模一样的毛衣，只是大了两号，她的腰身早就不似从前，她面容苍老，神情憔悴。

我问母亲，真的相信会有一天能和父亲重逢吗？

她第一次告诉了我答案，其实不重要。所有的感情，最终都是为了寻求内心的平静，这样做能使她平静。爱是单向的，被爱也是单向的，两者永远不会达到完全平衡的状态，所以爱才会运转。她也才会一直追寻。

我问她之后还要不要继续走。

她给我看了一张她的手绘地图。我猜想我下一次看见她，可能会在阿尔泰山的果园里。

春天好像是一夜之间到来的。楼下街道上那些老气横秋的法国梧桐又重新抽出了新芽。柠檬绿，橄榄绿，苹果绿，薄荷绿，仿佛绿色和绿色之间也可以争奇斗艳。

贝壳赋闲了几个月，便哀求着 Eddie 爸爸，说自己这辈子恐怕是离不开 PARADISO 了，于是转做幕后，每天帮 Eddie 爸爸打理酒吧。

他和 Jeffrey 每天就隔着一条马路，从前的旧情人，现在是竞争对手，互不相让。

你方唱罢我登场。一切顺理成章，一切歌舞升平。

过完年，我陆陆续续接到传票去配合调查。我在不同的人面前绘声绘色地重温了十几遍那场荒诞不经的梦，我事无巨细地把乔薇身上的每一个细节都描述出来，她头发丝的颜色，裙摆上的亮片，拖鞋的绷带……我在脑海里放映了无数次只有我们两个人的纪录片。他们记录了几十页稿纸，让我逐字检查，我像个作家一样字斟句酌，害怕遗漏乔薇的一丝一毫，害怕词不达意，害怕我的脑容量不够，害怕会在不久的将来把自己没来得及说出的部分忘记。我徒劳无功地去了很多次，我说得口干舌燥，他们听得不胜其烦，唯一的收获就是，他们告诉我乔薇至今下落不明。

那些铺天盖地印有她面孔的海报也在一夜之间全都撤掉了，取而代之的是另一个女明星的宣传。人们仍在谈论她，但渐渐又不再谈论了。

一切都像是过眼云烟。

我后来找到了唯一可以跟她相遇的方式。我翻出乔薇出道以来所有的片子反复观看。我边看边笑，好想再次见到她，然后当着她的面骂："你的那些片子真差劲，一无是处！"

但我知道我不敢。我看到电影画面定格在一条长长的灯火辉煌的堤岸上，拥挤的人群里，她戴着一顶显眼的酒红色礼帽，站在维多利亚港口，海风吹过，她转过头对着屏幕前的我莞尔一笑。

她总是会在这样不经意的瞬间就让我丧失所有表达的能力。

如果真的遇见她，我唯一能做的，应该是先抱住她，然后狠狠地抱着，不再松手。

后记

几年前的春天，我在剧组的酒店里开完剧本会，制片人正在焦头烂额地和一个当红女演员抢档期。制片人说：你能帮我去给她说说这场戏吗？我摇头，你知道的，女演员是世界上最难打交道的物种了，你永远不知道她们哪句话是真的，哪个表情不是在表演。

如果我很喜欢跟人打交道，那我为什么还要选择闷头写作呢？——这是我当时给自己找到的最笃定的借口。

离开这个剧组之后，鬼使神差地，我却偏偏做了一些起初并不愿尝试的事情。这两年多的时间里，我成了一个几乎每天都要和女演员打交道的人。而这些女演员无一例外，都试图要更换一个身份重新出发。在这个和时间赛跑的行业里，安全感，大概是她们每天醒来都不得不得面对的问题。

敏感、善变、自我、警惕、时而热情时而冷漠、情绪化、娇媚、善于示弱、嫉妒、厌世、功利、孤注一掷、体面、世俗、虚荣、充满欲望、完美主义、自卑、忧郁、孤独……

距离太近，以至于像是拿着放大镜在照看脸上的毛孔一样，处处破绽，又处处美妙。

但恰恰是这些看似相互矛盾的反义词，放在女演员身上，极端地体现出来时，才最恰当地诠释了什么叫“危险而迷人”。

人不都是好奇的动物吗？火焰燃烧的时候，总想伸手迅速握住又松开，去捕捉这个虚无的形态。仙人掌上的刺，非得用指腹轻按着试探，让触感介于痛与不痛之间。冰箱里没有保质期的食物，黯淡无光，却还会用鼻子嗅一嗅，甚至张开嘴嚼一小口。

而对站在你面前那个“危险而迷人”的存在，你的好奇会多过恐惧一些吗？

2016 年开春，我开始写第一行字的时候，在北京郊区怀柔的剧组里，积雪开始融化了，我格外怀念上海掉光叶子的法国梧桐。很冷清，也百无聊赖。于是有了这个开头——我想象自己在一个下雨的阴天，大概是秋天或者快要入冬，走在淮海中路上，前面是我熟悉的香港广场，而我要去见一个未知的人。

就像生命中许多巧合的际遇互为映照一样，冥冥之中，我不知道自己当初随手写下的女主角的这个身份，会和我在之后的几年里，产生如此多工作上的重要联系。我和女演员们几乎每天在电话里“形影不离”，一起并肩战斗，也让我有足够多的机会去思考，我当初写的这个角色，是否够贴近？

后来我渐渐发现，当带着某种偏见去审视某一类人的时候，不管我看多少个样本，我最终从她们身上看到的东西都是一样的，这一切，只是为了印证我最初的猜想。

而真实是什么？或许我们所有能感受到的表达，本身就已经被赋予了一层表演的虚假。就像此刻，我试图提笔梳理我内心的感受一样。

那年夏天，我彻底从上海搬到了北京，开始交新的朋友，建立新的生活圈子，完成了和一座城市的告别。再后来，陆陆续续写了一年后，有了三万字的故事雏形。那段时间，我的人生陷入一个尴尬的僵局，出于逃避，我决定完成这个小说，于是去年我给自己三个月的时间，停掉所有的工作和收入，把自己关在家里，每天规律地醒来，早上写作，下午去泳池游泳，然后喝上一杯托斯卡纳产的廉价白葡萄酒，继续写作到深夜，我买了十二支酒，足够喝完整个夏天。

那是我对泳池最依赖的一段时光。几乎所有难写的部分，都是在泳池里打通筋脉的。整个人泡在消毒水气味的池子里时，我觉得自己像是某种只能在水里存活的软体动物，每一次蠕动和呼吸，都让我把沙粒和杂质倾吐出来，脑袋里的思绪会变得更清晰。焦躁不安的时候，我就让自己潜在水底，憋足气，到达极限时把头探出水面，大口畅快地呼吸。偌大的泳池只有我一个人的时候，我也并没有孤立无援的挫败感，反而觉得不被打扰的感觉，真好。

写作真的是一种节制而有效的避世方式。三个月的时间把自己关在北京，却不从属于任何社会关系，幽灵一样地穿梭在这个城市里，悄然完成这本小说，我仿佛度过了一个充实而紧张的“间隔年”，又像是度过了学生时代心满意足的暑假。一结束，我就切换好状态，马不停蹄投入到工作中去。

在这个时代活着，我们得同时扮演好几种角色和身份，才有可能让自己勉强不被抛弃，也才有可能抚慰内心巨大的不安全感吧。有一次我和一个客户见面，他说，我认得你，你不是一个作家吗？我笑了笑说，那是我的副业，或者说一个爱好。我好像还没有十足底气把自己看作一个够格的作家。在这个写作和出版变得泛滥随意、全民表达、少人阅读的时代，我越珍视写作，它就越容易让我得到满足感。有时候哪怕有一丁点儿空余时间，可以匀出来阅读或写作，我都觉得是恩赐。

阅读和写作，真是奢侈的事啊。

距初稿完成已一年，小说要出版面世了。编辑把厚厚一叠修订稿拿给我，是在我飞往巴黎的前一天。我在飞机上又重温了这个故事，昏暗的机舱里，我仿佛把自己置身于那个幽暗的泳池中，轰隆隆的气流声，让我有些忐忑，几乎屏住了呼吸。有意思的是，过程中维持我写下去的动力，是我亢奋地认为自己在写一部了不起的作品，但在完成之后我发现，其实远不及当初自己想象的那样。我知道自己写得还不足够好，但这种重读的过程，更像是一种回望——回过头去审视那时的自己。我热衷于怀念，但也还是期待，下一个故事，或许会更好吧？我没法保证。我只寄希望于，我仍旧足够真诚。

2018年7月8日

北京